KB113962

투신 강태산 1

박선우 장편소설

초판 1쇄 찍은 날 § 2016년 9월 23일
초판 1쇄 펴낸 날 § 2016년 9월 30일

지은이 § 박선우
펴낸이 § 서경석

편집책임 § 이창진

펴낸곳 § 도서출판 청어람
등록번호 § 제387-1999-000006호
등록일자 § 1999. 5. 31
어람번호 § 제1-2530호

주소 § 경기도 부천시 원미구 부일로 483번길 40 서경B/D 3F (우) 14640
전화 § 032-656-4452 팩스 § 032-656-4453
http://www.chungeoram.com
E-mail § chungeorambook@daum.net

ISBN 979-11-04-90980-1 04810
ISBN 979-11-04-90979-5 (세트)

투신
강태산

박선우 장편소설

FUSION FANTASTIC STORY

투신
강태산

CONTENTS

Prologue

나는 강태산이고 CRSF(Crisis Response Special Forces : 국가위기 특수대응팀)의 특수부대 '청룡'의 수장이다.

내 나이 서른.

무림에서 현실로 돌아온 것은 십 년 전이었고 청룡의 수장이 된 것은 삼 년 전이다.

대한민국.

언제나 힘이 없어 국제사회에서 업신여김을 고스란히 당했던 조국. 나는 대통령을 도와 그때부터 대한민국의 적들을 철저하게 때려 부수기 시작했다.

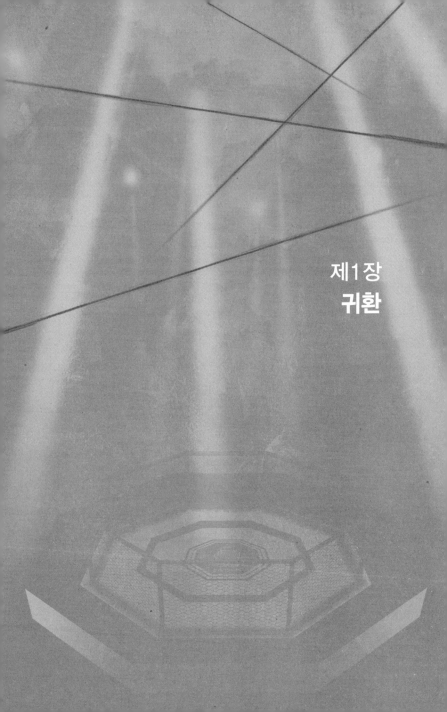

제1장
귀환

한창 대학 생활을 하면서 젊음을 즐기던 스무 살에 나는 목숨을 잃었다.

그렇다. 목숨을 잃었다고 표현하는 것이 맞을 것이다.

현실에서 벗어나 무림의 세계로 떨어졌으니 나는 현실에서 죽었다고 봐도 무방했다.

이해할 수 없는 죽음을 맞이한 것은 대학 1학년 여름방학이었는데 비가 부슬부슬 쏟아지며 바람까지 불던 날이었다.

악천후였음에도 젊음의 특권을 믿고 아침 일찍 혼자 출발해서 지리산 천왕봉에 올랐을 때 나는 죽음을 맞이했다.

붉은 구름의 동굴.

고약한 날씨 때문인지 아니면 시간이 늦어서였는지 천왕봉에는 사람이 보이지 않았다.

적운구가 하늘에서 열리기 시작한 것은 혼자라는 두려움으로 하산을 서두르며 식사 도구를 정리하고 있을 때였다.

너무 놀라 갑자기 나타난 적운구에서 시선을 떼지 못했다.

그때 내 몸이 하늘을 날아 창공으로 빨려 들어갔다.

*　　　　*　　　　*

정신을 차렸을 때 주변은 온통 낯선 것으로 가득 차 있었다.

건물이 달랐고 사람이 달랐다.

무시무시한 인상을 지은 채 돌아다니는 사람들은 모두 칼이나 검을 들었는데 보는 것만으로도 사악한 기운이 가득 차 있었다.

일 년 동안은 살아남기 위해 필사의 노력을 해야 했다.

언어도 달랐고 풍습도 달랐으며 사람의 목숨을 파리 목숨처럼 대하는 놈들에게서 살아남기 위해 갖은 아부와 아첨으로 목숨을 연명했다.

이곳이 어떤 곳인지 아는 데만 삼 년이란 시간이 걸렸으니 정말 지옥 같은 나날들이었다.

비천사(飛天史).

내가 떨어진 곳은 무림의 세력 중 천하를 양분하고 있던 악마들의 세상 비천사였다.

길고 긴 전쟁의 소용돌이.

사파 최대의 세력이자 정파와 치열한 패권을 다투는 비천사는 만 삼천 명의 무사가 소속되어 있었지만 한 번씩 전투가 생길 때마다 무더기로 사상자가 발생했다.

아무것도 가지지 않은 내가 비천사의 특수부대 '화망'에 들어갈 수 있었던 것은 바로 그런 이유 때문이었다.

비천사는 출신 성분을 따지지 않았다.

전쟁에서 희생양을 삼는 데 출신 성분은 중요치 않았기 때문이었다.

삼 년 동안 나는 살아남기 위해 미친 듯이 싸웠다.

변변한 무공조차 없었던 내가 무시무시한 전쟁에서 살아남을 수 있었던 것은 죽은 정파인들의 가슴 속에서 무공들을 얻었기 때문이었다.

어쩐 이유인지 비천사들의 무리와는 다르게 정파인들은 자신들의 비급을 품속에 숨겨놓는 버릇이 있었다.

비천사의 무사들은 정파 무인들과 달리 속성 무공을 익혔고 전장에서 죽어간 무인들이 가지고 있는 비급들은 대부분하잘것없는 것들이었기 때문에 쓰레기 취급 했으나 나는 달랐다.

내공마저 없었고 오로지 남들의 뒤에서 살아남기 위해 몸부림치던 나는 싸움이 끝나면 언제나 정파인들의 가슴을 뒤질 수밖에 없었다.

*　　　*　　　*

'화망'의 수장 설파랑은 내가 곧 죽을 것이라 예상했지만 나는 전투에서 언제나 살아남았다.

나는 처음에는 죽을 고비도 많이 넘겼으나 점점 강해지면서 삼 년이 지난 후부터는 피류의 상처만 입었을 뿐 멀쩡하게 귀환하기 시작했다.

천운으로 양측의 수뇌부들이 맞붙었던 무황벌 전투 현장에서 정파 백대고수에 포함된다는 화목객의 '현천기공'과 철혈객의 독문무공 '파산도법', 창천객의 '태을경공'을 얻었기 때문이었다.

내공이 깊어질수록 나의 무공은 강해졌고 적들에게는 지옥의 사신으로 불리기 시작했다.

천산전투에서 목숨을 잃은 설파랑을 대신해서 내가 '화망'의 수장이 된 것은 이곳에 온 지 칠 년이 흐른 후였다.

화망의 수장이 된 후 현실로 다시 돌아가기까지의 삼 년 동안 내 몸에는 엄청난 변화가 일어났다.

현천기공이 칠성에 이르면서 도기가 생성되었고 태을경공은 극에 달해 누구도 나의 몸에 상처를 입힐 수 없었다.

사람들은 나를 비천사 무력 서열 이십팔 위까지 끌어 올리며 야차라는 별호를 붙여주었으나 그것은 아무것도 모르는 자들의 입방아에 불과했다.

그 당시 나의 무력은 서열 십칠 위였던 혼천사까지 꺾을 만큼 강했다.

수많은 전투.

살아남기 위해 적들을 죽이는 끝없는 시련의 연속.

피투성이가 되어 돌아오는 날이면 나는 심연에서 피어나는 괴로움을 해소하기 위해 여인을 품고 밤새도록 술을 마셨다.

혼인은 생각한 적이 없었고 하루하루를 그저 쾌락에 빠져 살 뿐이었다.

죄책감은 없었다.

살아도 사는 게 아닌 삶 속에서 미안해하고 슬퍼하는 것은 사치에 불과했으니 그저 오늘의 이 고통스러운 시간들을 위로하고 싶었다.

그럼에도 정사가 끝나고 나면 허탈했다.

지긋지긋한 인생.

미련도 없고 아쉬움도 없으니 언제 죽어도 그만이다.

*   *   *

미황산.

이천 장에 달하는 강서 최고의 험산이었고 정파의 태두 천왕성이 진지를 형성한 곳이었다.

'화망'을 이끌고 내가 미황산을 친 것은 더위가 극성을 이루던 여름의 끝자락이었다.

칼이 울었다.

마치 사람을 죽이는 것이 슬프다는 듯.

하지만 나는 그 칼의 울음과 함께 끝없이 사람들을 죽이며 전진했다.

죄책감도 없었고 두려움은 더욱 없었다.

아니, 어쩌면 목적 없는 삶을 산다는 것이 지겨워 이렇게 내 목숨을 여기서 묻고 싶어 했는지도 모른다.

삼부 능선에 배치된 적들을 전멸시키고 오부 능선을 넘어 칠부 능선으로 향했다.

적들도 많이 죽었지만 '화망'의 무사들도 오 할이 넘게 전력에서 이탈했다.

아직 적들의 주력은 나타나지 않았는데도 '화망'의 피해는 상상할 수 없을 정도로 컸다.

지형 때문이다. 그리고 미황산을 지키는 적들의 병력이 생각보다 훨씬 강했다.

정파에서 가장 중요한 거점지, 미황산을 치라는 지시를 받았을 때부터 무리한 공격이란 판단을 했다.

지금까지는 적들의 전력을 분석한 후 공격이 이루어졌으나 미황산에 있는 적들은 안개 속에 가려져 어떤 부대가 있는지 알 수 없었다.

직감이 끊임없이 경고음을 울렸다.

미황산은 정파인들의 심장인 천안(天眼)을 방어하는 중요한 거점 중의 하나였기 때문이었다.

적의 수장이 누군지, 어떤 부대가 있고 병력이 얼만지 알 수 없는 상태에서 공격에 나선다는 것은 죽음으로 가는 지름길이었다.

그럼에도 '화망'을 이끌고 전진한 것은 지긋지긋한 목숨을 끝내고 싶다는 생각 때문이었는지도 모른다.

칼에 피를 매달고 야차처럼 사람을 죽여야 하는 자신의 인생.

사랑하는 사람들과 한평생 웃으며 살 거라 믿었던 나는 사람들의 피 맛을 즐기는 마귀가 되어 있었다.

목숨을 버리겠다는 생각은 가졌지만 전사의 혼은 아직도 팔팔하게 살아 있었던 모양이다.

정상까지 오르자 세 명의 노인과 백여 명의 검객이 나를 기다리고 있었다.

죽음이 눈앞으로 다가온 것이 본능적으로 느껴졌다.

가운데에 품(品) 형으로 서 있는 노인들은 정파 백대고수 중에서 상위권을 차지하고 있는 무당삼성이 분명했다.

검 하나로 땅을 가르고 산을 자른다는 절대고수들.

그리고 그 뒤를 받치고 있는 것은 정파 최고의 검객들로 이루어졌다는 백의검대가 분명했다.

함정.

그렇다, 정파에서는 중요 거점을 하나씩 격파하며 비천사의 선봉에서 미친놈처럼 싸우는 나를 잡기 위해 함정을 파고 기다렸던 것이 틀림없었다.

'화망'의 숫자는 겨우 서른.

더군다나 정상까지 오르면서 생생하게 버티고 있는 것은 친위대를 이끄는 마령과 천호, 상장뿐이었다.

악마의 미소가 내 얼굴에서 흘렀다.

이를 악물고 적진을 향해 뛰어들었다.

덤벼오는 자들을 난도질하며 내가 노린 것은 여유 있는 표정으로 기다리고 있는 무당삼성이었다.

죽음을 받아들일 준비가 되었으니 망설임을 보일 이유가
없었다.

*   *   *

칼과 검이 부딪혔는데 칼이 먼저 밀렸고 뒤이어 몸이 밀려
났다.

지금까지 수많은 적들을 상대해 봤지만 무당삼성은 그 혼
자 감당하기에는 대적이 불가능한 상대들이었다.

그럼에도 무당삼성을 상대로 한 시진 동안 굉렬한 전투를
벌였다.

쾅… 콰앙!

충돌이 벌어질 때마다 폭음이 터졌고 미황상의 정상에는
회오리바람이 미친 듯이 휘몰아쳤다.

야차.

그렇다, 나의 별호는 야차다.

온몸은 피로 물들었으나 나는 지옥에서 온 악마처럼 절대
고수들을 상대로 끝까지 물러서지 않았다.

"과연 야차로다. 이 기회에 너를 죽이지 못한다면 천추의
한이 되겠구나."

무당삼성의 맏이인 만천자가 그의 검에 가슴이 베이고도

교묘하게 따라붙으며 삼도를 날린 나를 향해 던진 말이었다.

이미 화망을 모두 해치운 백의검대의 검객들은 홀로 정파의 절대고수인 무당삼성을 상대로 무서운 신위를 내보이는 나의 무력에 경탄을 넘어 두려움에 찬 표정들을 숨기지 못했다.

그러나 시간이 지나면서 점점 악전으로 변했다.

칼이 먼저 부러졌고 몸은 만신창이가 된 지 오래였다.

무당삼성 중 만천자의 검이 가슴을 깊게 찌른 것은 마지막 힘을 짜내어 십이도를 난사해서 미령자의 팔과 무극자의 허리를 절단했을 때였다.

폐부를 찌르는 고통.

심장을 찔렸으니 전설의 화타가 온다 해도 절대 살 수 없다.

비틀거리며 뒤로 물러나 천장절벽에 섰다.

이제 끝이구나.

저절로 고통 속에서 웃음이 피어올랐다.

여기 이곳 미황산에서 죽는다고 생각하며 눈을 감자 나를 위해 헌신하던 부모님의 얼굴이 떠올랐다.

어려운 형편에도 사랑하는 아들을 대학에 보내기 위해 노력하신 부모님.

부모님은 갑자기 없어진 나를 찾기 위해 천지사방을 미친 듯 찾아 헤맸을 것이다.

죽는 것은 두렵지 않으나 부모님을 다시 뵙지 못하는 것이 안타까웠다.

무당삼성은 더 이상 나에게 검을 보내지 않았다.

다만 죽음을 확인하려는 듯 칼을 늘어뜨리고 천장절벽으로 비틀거리며 걸어가는 나를 지켜보기만 했을 뿐이다.

그토록 애타게 찾았던 적운구가 거짓말처럼 하늘에 나타난 것은 더 이상 버티지 못하고 천애에 몸을 날렸을 때였다.

몸이 떴다. 마치 옛날 그때처럼.

*　　　*　　　*

눈을 떠보니 천왕봉이었다.

너무 황당하고 기가 막혀 강태산은 자신의 온몸을 더듬었다.

현실을 떠나기 전 주섬거리며 가방에 챙겼던 코펠과 버너는 그대로였고 주변에는 처음 떠났던 그때처럼 아무도 보이지 않았다.

잠시 동안 아무 짓도 하지 못하고 멍하니 앉아 있었다.

뜨거운 여름의 한순간 꿈이었단 말인가?

눈을 들어 하늘을 보자 어둑해지는 서편으로 해가 지고

있었다.

하지만 곧 고개를 흔들었다. 절대 꿈은 아니었다.

그토록 치열하게 싸워왔던 하루하루가 생생하게 떠오르는데 어찌 그것을 꿈이라 할 수 있을까.

더군다나 얼굴에는 정파 삼대기보라고 알려져 있던 천변면구가 고스란히 덮여 있었다.

천변면구는 현천기공과 함께 얻은 것인데 마음만 먹으면 언제든지 세 명의 다른 얼굴로 변장할 수 있었다.

강태산은 천변면구를 얻은 후부터 자신의 진면목을 숨겼다.

암계와 음모가 판을 쳤고 언제 어느 때든 목숨을 노리는 자들이 부지기수였기 때문에 정체를 숨길 필요가 있었다.

적들은 정파만이 아니었다.

비천사에도 그의 지위와 명예, 그리고 재산을 뺏기 위해 목숨을 노리는 자들이 수도 없이 많았다.

좌정을 하고 현천기공을 몸으로 돌리자 아주 미세한 기운이 혈을 타고 간신히 흘렀다.

처음 현천기공을 익힐 때와 똑같은 신체 상태였다.

기억은 그대론데 몸은 현실로 돌아오자 리셋이 되어버린 모양이다.

몸을 일으켜 자신을 야차로 부르게 만들었던 파산도법과

태을경공을 차례대로 시전해 봤다.

어색하다.

그리고 몸이 말을 제대로 듣지 않았다.

강태산은 한차례 정신없이 움직인 후 몸을 멈추고 한참 동안 먼 하늘을 바라봤다.

시공간을 넘어 무림에서 살아왔던 시간들은 언제나 죽음을 옆에 두고 살았던 삶이었다.

죽고 싶다는 생각을 수도 없이 많이 했다.

사람을 죽여야 살 수 있는 삶은 살아도 사는 것이 아니었음에.

*　　　　*　　　　*

현천기공이 다시 꿈틀거린 건 다시 현실로 돌아와 1년이 지난 후부터였다.

오랜 세월 동안 익혔던 기공이었기에 수련에 매진하자 무림에 있을 때보다 오히려 내공의 축적이 훨씬 빠르게 진행되었다.

파산도법과 태을경공도 마찬가지였다.

목숨을 건 전장에서 실전으로 펼치던 무공들이었으니 몸이 적응되기 시작하자 점점 진행 속도가 빨라져 내공만 뒷받

침된다면 예전의 위력을 되찾는 것은 시간문제일 뿐이었다.

대학 생활은 지루하기 짝이 없었다.

현실로 돌아왔으나 무림에서 겪었던 잔인했던 기억과 무공을 다시 몸에 장착하기 위한 노력들이 그의 대학 생활을 허무하게 만들었다.

그는 누구나 꿈꾸는 명문대의 전자공학과를 전공했기 때문에 조금만 노력하면 최고의 기업에 취직이 보장된 사람이었으나 어느 정도 몸이 회복되자 시골에 계신 부모님 모르게 곧바로 국정원에 지원했다.

남들과는 다른 세상을 겪고 다른 인격, 다른 능력을 갖췄으니 평범한 삶은 그에게 맞지 않았다.

국정원이 그를 선택한 것은 당연한 일이었다.

독보적인 체력과 민첩성, 뛰어난 머리를 지닌 강태산을 국정원은 두말없이 받아들였다.

*　　　　*　　　　*

그는 국정원에서 2년 만에 CRSF(Crisis Response Special Forces : 국가위기 특수대응팀)의 특수부대 '청룡'의 요원으로 전출되었다.

국정원과의 협력 작전에서 청룡의 수장이었던 이호가 뛰어난 그의 능력에 감탄하면서 고위층에 강력하게 요청했기 때문이었다.

나이는 어렸지만 그가 보여준 실전 능력과 상황타개능력은 지금까지 차출했던 어떤 요원과 비교해도 발군이었다.

청룡의 인원은 수장인 이호를 포함해서 일곱 명뿐이었다.

하지만 그 인원만 가지고도 군 특수부대 일 개 중대의 위력을 뿜어낼 정도로 강력한 능력을 자랑했다.

그럼에도 청룡은 7년 동안 국가를 위해 비밀리에 진행된 수많은 작전들을 수행하면서 많은 동료들을 잃었다.

그를 발탁한 이호는 이라크 작전에서 사망했고 같이했던 동료들도 하나씩 외국의 이름 없는 들판과 도시에서 산화해 갔다.

그에게 청룡을 맡으라는 지시가 떨어진 것은 3년 전이었다.

베를린에서 작전을 마치고 돌아왔을 때 청룡을 관장하는 정보국장 최현우가 그 당시의 대장 김만후의 죽음을 알려주며 청룡을 맡아달라는 부탁을 해왔다.

부담스러웠다.

김만후가 죽으면서 청룡에서는 가장 고참이 되었으나 아직 그의 나이는 27살에 불과했기 때문이었다.

더군다나 조직을 관장하는 것보다는 자유스럽게 움직이며

작전을 펼치는 것이 훨씬 좋았다.

그랬기에 거절했으나 국장은 막무가내였다.

"야, 네가 안 하면 누가 해. 청룡이 이대로 사라지길 바라는 거야?"

"청룡이 왜 사라집니까. 다른 사람이 하면 되죠."

"다른 사람 누구!"

"서영찬이 괜찮을 것 같습니다."

"그놈은 머리가 부족해서 안 돼."

"유상철은 어떻습니까?"

"걔는 너보다 2년이나 늦게 들어온 놈이다."

"나이는 저보다 많습니다."

"이놈이 오늘따라 왜 이렇게 고집을 부리는 거야. 유상철이 성격 몰라서 그래? 그 불화통한테 어떻게 청룡을 맡겨!"

"정말 이러실 겁니까?"

"너밖에 없다. 그러니까 맡아라."

"그럼 그만두겠습니다."

"뭘 그만둬?"

"이제 저도 할 만큼 했으니까 은퇴하려고요. 이 생활도 이제 지긋지긋하군요."

"지금 나한테 협박하는 거냐? 네 나이가 몇 살인데 은퇴라는 말이 나와!"

"나이가 상관있나요. 저는 하기 싫은 건 죽어도 안 하는 놈입니다."

"좋다. 말해봐. 뭐든 들어줄 테니까. 청룡만 맡으면 뭐든지 들어줄 용의가 있다."

"정말입니까?"

"그래, 이 여우 놈아."

국장의 얼굴이 일그러졌다.

나이답지 않게 강태산의 머리 돌아가는 수준은 거의 컴퓨터급이다.

더군다나 교활하기도 했고 상황에 대한 대처 능력도 혀를 내두를 정도였다.

강태산의 입이 천천히 열린 것은 국장이 신경질적으로 남아 있는 커피를 들이킬 때였다.

"모든 작전 권한을 저한테 주십시오. 스케줄과 인원, 그리고 소요 경비와 시간까지 말입니다."

"이 미친……. 그걸 말이라고 해!"

"싫으시면 안 하겠습니다."

강태산이 말한 건 국장의 권한을 모두 뺏겠다는 것과 다름이 없다.

청룡의 수장은 윗선에서 내려온 지시를 그저 따를 뿐이지 작전에 대한 모든 것은 그동안 국장이 처리해 왔던 것이다.

그럼에도 강태산이 이런 조건을 내건 것은 그동안 작전을 수행하면서 현실과 맞지 않은 지시를 여러 번 겪었기 때문이었다.

목숨을 건 임무 수행에서는 일선 수장의 판단이 가장 정확했음에도 윗선의 지시로 인해 특수 요원들이 덧없이 산화한 경우가 많았다.

그것은 국장도 잘 아는 사실이었다.

그럼에도 지금까지 그것을 바꾸지 않은 것은 국가 안보에 대한 비밀 유지를 철저하게 지키기 위함이었다.

국장은 한동안 말을 하지 않았다.

고민.

강태산은 반드시 청룡을 맡아야 하는 중요한 자원이었다.

무려 7년 동안 53회의 작전을 완벽하게 성공시킨 것은 강태산이 유일했다.

대한민국 최고라는 '청룡'을 투입하고도 성공한 작전보다 실패한 작전들이 훨씬 많았다.

그 와중에 비밀이 새어 나가 국제사회에서 망신을 당한 적도 여러 번이었고 요원들을 잃은 것도 한두 번이 아니었다.

청룡이 시행하는 임무는 대한민국의 앞길을 밝혀주는 등대와 같은 것이었다.

그랬기에 CRSF 역사상 가장 뛰어난 능력을 지닌 강태산이 청룡을 이끌어주기를 그는 간절하게 원했다.

국장의 입이 무겁게 열린 것은 한동안의 침묵을 깬 후였다.

"좋다, 강태산. 다른 것은 모두 너에게 주겠다. 단 하나만은 나한테 줘라."

"시간을 말씀하시는 거군요."

"그렇다."

"알겠습니다. 아쉽지만 그것은 제가 양보하겠습니다."

시간을 줄 수 없다는 것은 작전 기한을 강태산에게 맡길 수 없다는 것이었다.

작전은 언제나 타이밍이 생명이었다.

어떤 희생이 따르더라도 시간만은 반드시 지켜야 하고 그것은 곧 국가 안보와 직결된다.

강태산이 국장의 요청을 수락한 것은 그런 이유 때문이었다.

제2장
**로드 FC,
한국 챔피언전**

무시무시한 포스.

수장으로 취임하는 자리에서 강태산이 보여준 위압감은 대원 전체의 몸을 긴장시키기에 충분했다.

"지금부터 내가 청룡을 이끌게 됐다. 난 지금부터 단 하나만 말할 것이다. 내 허락 없이는 절대 죽지 마라. 만약 그런 일이 생긴다면 지옥 끝까지 쫓아가서 박살을 낼 것이다. 알겠나!"

강력한 한마디에 사무실에 모인 대원들의 입이 떡 벌어졌다.

구구절절한 말이 아니었음에도 강태산이 대원들을 어떻게 생각하는지 충분히 알 수 있는 일갈이었다.

특수부대는 암흑의 세계를 살아간다.

더군다나 청룡이 활동하는 세계는 피가 흐르는 지옥의 땅이었다.

정도 없었고 오직 목숨만을 연명하기 위해 하루하루를 치열하게 살아갈 뿐이다.

지금까지의 대장들은 오직 임무만을 생각했고 그를 위해 대원들의 희생을 그저 묵묵히 받아들였다.

물론 그들도 대원들의 죽음을 가슴 아파 했을 것이다.

하지만 강태산은 달랐다.

어떤 일이 있어도 죽지 말라는 말에는 임무보다 대원들의 목숨이 더 중요한다는 진심이 강하게 담겨 있었다.

*   *   *

강태산은 청룡의 대장으로 취임하면서 대원들에게 현천기공과 태을경공을 가르치기 시작했다.

청룡을 세계의 어떤 특수 조직보다 강하게 만들고 싶다는 의지가 그의 진신내력을 꺼내 들게 만들었던 것이다.

대원들은 강태산을 살아 있는 전설로 받아들인 지 오래였다.

무려 53회에 달하는 작전을 시행하는 동안 완벽하게 임무를 성공시키면서 한 번도 부상을 입은 적이 없어 최고의 특수부대인 청룡의 역대 대원들조차 그를 불가사의한 인물로 취급했다.

그랬기에 대원들은 그의 가르침을 거부하지 않았다.

'청룡'의 대원들은 남자 6명에 여자가 1명이었는데 여자가 포함된 것은 특수 임무의 수행에서 여자가 반드시 필요했기 때문이었다.

그렇다고 여자 요원인 차지연의 능력이 남자들에 비해서 부족하다는 뜻은 아니었다.

그녀 역시 각종 무술의 유단자였고 남자들과 똑같은 교육을 받은 전사 중의 전사였다.

청룡의 대원들은 3년 동안 특수교육을 통해 암살, 폭파, 비행기를 포함한 수송 능력을 최적화했고 각종 총기류를 모두 다룰 줄 아는 만능 전사들로 키워졌다.

거기에다 컴퓨터 조작 능력과 전자전에 필요한 기술까지 장착되었기 때문에 한 명 한 명이 소중한 자원이었다.

그랬기에 자부심이 대단했고 누군가에게 고개를 숙인다는 것을 치욕으로 여겼다.

하지만 그들은 대장으로 취임한 강태산을 향해 맹목적인 충성심을 보였다.

이미 살아 있는 전설로 통하는 강태산의 지휘 능력과 전투 능력은 정평이 나 있었기에 나이가 많은 대원들조차 그에게 조금의 반항심도 가지지 못했다.

강태산은 청룡의 수장이 된 후 나이를 따지지 않았다.

그는 무림에서 가장 잔인하고 지독하다는 비천사의 특수부대 '화망'을 이끌며 인간 말종들을 상대했던 전력이 있기에 나이 많은 대원들을 복종시키는 데는 일가견이 있었다.

강태산은 대원들에게 무공을 가르치며 지옥과 같은 고통을 선사했다.

청룡의 구성원으로 자리 잡기 위해 3년 동안 갖가지 훈련을 받았지만 강태산의 무지막지한 무공 훈련은 그보다 수십 배 어려운 것이었다.

그들을 가장 괴롭힌 건 현천기공이었다.

현천기공은 삼공으로 구성되어 있었는데 각 단계가 완성될 때마다 신체에 커다란 변화가 이루어진다.

일공이 완성되면 완벽한 균형과 강력한 신체, 오감을 극대화시킬 수 있는 감각을 얻을 수 있다.

그러나 본격적으로 내공을 쓰기 시작할 수 있는 것은 이공부터였다.

현천기공이 오성에 이르면 무기에 내공을 실을 수 있고 상대의 움직임에 따라 본능적으로 몸이 반응하는 경지에 이른다.

강태산이 무림에 있을 때 오른 경지는 칠성이었다.

그는 현천기공이 칠성에 이르면서 무림에서 가장 강력한 무인 중의 하나로 명성을 떨쳤다.

청룡의 요원들에게 가르쳐 준 것은 현천기공의 일공에 불과했지만 그것만으로도 요원들은 죽음과도 같은 고통을 느꼈다.

움직임이 제어된 상태에서 몇 시간씩 참아야 한다는 것은 미치도록 괴로운 일이었기 때문이었다.

*   *   *

로드 FC.

대한민국에서 가장 거대한 격투 단체의 이름이다.

로드 FC 38이 열린 것은 뜨거운 여름이 한풀 꺾인 8월 말이었다.

강태산은 라커룸에 앉아 머리를 좌우로 꺾으며 화면을 통해 들어오는 선수들의 시합을 구경했다.

그는 청룡을 이끌던 때와 전혀 다른 얼굴을 하고 있었다.

천변면구 중의 두 번째 얼굴.

그의 원래 얼굴도 보기 드물게 잘생긴 것이었지만 지금의 얼굴은 요즘 가장 인기 있다는 남자 탤런트 정하성을 찜 쪄

먹을 만큼 완벽하게 변해 있었다.

화면에는 페더급 선수들이 빠르게 움직이며 난타전을 펼치는 것이 눈으로 들어왔으나 강태산은 시합에 관심을 보이지 않고 그저 흔들거리며 몸을 푸는 데 집중했다.

다음이 바로 자신의 시합이었기 때문이었다.

그가 격투기에 뛰어든 것은 5년 전의 일이었다.

청룡은 작전이 끝나면 언제 다시 소집이 될지 모르기 때문에 한동안 무료한 생활을 보내야 했다.

그 무료함을 강태산은 견디지 못했다.

무림에서의 지독했던 삶을 끝내 벗어내지 못하고 결국 그는 목숨을 담보로 싸워야 하는 청룡에 들어와 지구 곳곳을 돌아다니는 인생을 선택했다.

황폐했던 정신은 청룡에 몸담고 살아가면서 어느 정도 안정이 되었으나 작전이 끝났을 때 몰려드는 지루함과 고독함은 견디기 힘든 것이었다.

그랬기에 어느 날 텔레비전에서 UFC의 경기를 관전한 후 곧장 체육관을 찾았다.

서울에 있는 작은 체육관이었다.

관장의 이름은 김영철이었는데 오래전 복싱에서 한국 챔피언을 지낸 사람이었다.

복싱을 했던 그가 권투를 가르치지 않고 격투기로 종목을 바꾼 것은 이것이 그저 먹고살기 위한 방편에 지나지 않았기 때문이다.

누구도 사양길에 들어선 권투를 배우려 하지 않았기 때문에 요즘 한창 인기를 끌고 있는 격투기 체육관을 열어 겨우 밥벌이를 하고 있었던 것이다.

체육관에 나오는 관원은 겨우 열둘에 불과했고 그마저도 고등학생과 취미 생활을 즐기기 위한 회사원들이 대부분이었기 때문에 제대로 된 스파링조차 어려운 곳이었다.

그러나 그곳에서 강태산은 둥지를 틀고 격투기를 연마했다.

격투기의 기본은 복싱과 킥복싱, 주짓수로 보면 된다.

무림에 있을 때 강태산은 현천기공과 파산도법, 태을경공으로 수많은 적들을 죽이며 지옥에서 온 야차로 불린 사내였다.

그가 지나가는 곳은 온통 피로 물들었고 적들은 그의 눈빛만 봐도 오줌을 지릴 만큼 대단한 신위를 나타냈었다.

하지만 강태산은 자신의 능력을 모두 숨기고 격투기의 기본부터 새로 시작했다.

오로지 순수한 자신의 육체로 승부를 즐기기 위함이었다.

복싱이나 킥복싱, 주짓수는 모두 처음 하는 것들이었지만 그렇다고 전혀 낯선 것들은 아니었다.

만류귀종.

무공의 모든 패턴과 흐름은 모두 비슷하다는 뜻이다.

그랬기에 그의 격투 실력은 김영철이 놀라서 입을 다물지 못할 정도로 무섭게 증진될 수밖에 없었다.

9전 9승 9KO.

현천기공은 물론이고 심지어 태을경공조차 쓰지 않은 채 강태산은 국내의 내로라하는 강자들을 차례차례 꺾어버렸다.

로드 FC 측에서는 일 년에 한두 번씩 나타나 시합을 하고 사라지는 그에게 무림에서 불리었던 것처럼 야차라는 별명을 지어주었다.

그의 시합은 언제나 치열했고 상대를 한 방에 끝내는 것이 아니라 만신창이가 되도록 난타전을 벌이기 때문에 붙여진 별명이었다.

맞고 때리는 난타전이었으나 쓰러지는 것은 언제나 상대방이었다.

더욱 관중들을 열광시키는 이유는 강태산의 얼굴이 언제나 멀쩡하다는 것 때문이었다.

그렇게 맞으며 싸웠어도 상대방은 피떡이 되었지만 강태산은 하나의 상처도 없이 유유히 옥타곤에서 내려왔다.

"형, 정호철의 비장의 무기는 어퍼컷이야. 절대 잊지 마!"

"알았다."

김영철이 장비를 챙기느라 정신없는 틈을 파고든 김만덕이 소리를 질러대자 강태산이 깊은 한숨을 내쉬었다.

김만덕은 관장인 김영철의 아들인데 우람한 체구를 지녔지만 두부살에 불과한 놈이 격투기를 해보겠다고 설치는 바람에 김 관장의 속을 부글부글 끓게 만드는 놈이었다.

김만덕은 특별히 하는 일이 없었기 때문에 체육관의 잡일을 도맡아 했는데 언제부턴가 시합이 벌어질 때마다 쫓아 나와 잔소리를 했다.

그럼에도 밉지는 않았다.

워낙 성격이 쾌활했고 잔정이 많아서 관원들은 모두 그를 좋아했다.

특히 김만덕은 시합이 벌어질 때마다 강태산의 수발을 들면서 온갖 정성을 기울였기 때문에 눈빛만 봐도 뭐가 필요한지 알아챌 정도였다.

더군다나 5년 가까이 지내다 보니 이제는 강태산을 친형처럼 따랐다.

"대주지 말라고. 저놈의 펀치력은 정평이 나 있어. 맞아본 애들이 전부 비실대다가 쓰러졌단 말이야."

"잔소리 그만해. 알아서 할 테니까."

"또 그 소리. 세컨이 조언을 하면 듣는 체라도 해. 오늘은 방송도 한다는데 자꾸 무시해서 쪽팔리게 만들면 나 콱 죽어버린다!"

"야, 덥다. 조금 떨어져라."

강태산이 손을 들어 가깝게 다가온 김만덕을 밀쳐내며 자리에서 일어났다.

그대로 있으면 그의 잔소리가 어디까지 계속될지 알 수 없었기 때문이었다.

오늘 시합이 중요하긴 하다.

9연승을 거둔 후부터 로드 FC 측에서는 현 챔피언인 정호철과 그의 대전을 성사시키기 위해 노력했다.

새로운 신성으로 떠오르며 라이트급의 강자들을 모두 꺾은 그는 관중들이 열광하는 최고의 상품이었다.

화끈한 타격전.

관중들을 미칠 듯한 흥분의 도가니로 몰아넣는 그의 야성미는 로드 FC가 추구하는 투혼을 고스란히 보여주는 것이었다.

더군다나 특별하게 잘생긴 그의 얼굴은 여자 팬들에게 선망의 대상이 된 지 오래였다.

하지만 로드 FC의 간절한 구애에도 청룡의 작전 관계상 일정이 맞지 않았기 때문에 강태산은 여러 번 시합에 응하지 않았다.

그동안 정호철은 강태산이 자신이 두려워 시합을 피한다며 온갖 독설을 퍼부었다.

그의 입장에서는 어쩌면 당연한 것이었다.

눈엣가시 같은 존재.

세계 격투계를 평정하고 있는 UFC 측에서는 강태산을 꺾어야만 계약을 해주겠다는 조건을 걸었기 때문에 정호철 측에서는 하루라도 빨리 시합이 벌어지기를 학수고대하는 입장이었다.

18승 2패.

현 라이트급 챔피언으로서 국내의 강자란 강자는 모두 꺾은 정호철은 타격과 주짓수 실력이 뛰어난 막강한 챔피언이었다.

베테랑인 정호철은 무패의 가도를 달리고 있는 강태산을 전혀 두려워하지 않았다.

그의 스타일이 자신에게는 절대 통하지 않을 거라는 자신감이 있었기 때문이었다.

그의 펀치는 돌주먹으로 통했다.

강태산이 평소처럼 난타전으로 자신에게 덤빈다면 1회전을 넘기지 않을 자신감이 가득했기에 그는 강태신이 이번 시합에 응하자 기쁨을 숨기지 못했다.

*　　　*　　　*

강태산은 김만덕을 슬쩍 밀쳐내고 자리에서 일어나 섀도 복싱을 시작했다.

쉭… 쉭!

그가 내뻗는 주먹이 공기의 저항을 뚫고 뱀이 우는 것과 같은 소리를 만들어냈다.

정호철의 도발은 언론과 인터넷을 통해 모두 알고 있었다.

가소롭기 짝이 없었으나 한 번도 대응하는 발언을 하지 않았다.

자신이 난타전을 벌이는 이유는 오직 하나, 옥타곤 위에서 남자로서의 뜨거움을 즐기고 싶었기 때문이었다.

무림에서 수없이 많은 적들을 죽였고 강호를 쩌렁쩌렁 진동시키는 고수들과 상대하면서 끝까지 살아남아 야차로 불리게 된 것은 지니고 있었던 파산도법의 위력이 강했기 때문이기도 했지만 적의 움직임을 사전에 예측하고 차단하는 방어 능력이 탁월했기 때문이었다.

사람들의 눈에는 맞고 때리는 난타전으로 보였겠지만 그는 상대의 피니시가 담긴 주먹을 절대 맞지 않았다.

지금까지 그와 상대한 선수들을 피떡으로 만들면서 자신

은 상처 하나 남기지 않은 것도 그런 이유였다.

언론에서는 자신의 주먹이 약하다고 평가하고 있으나 그 것 역시 잘못된 것이었다.

유희.

그렇다, 사내로서의 뜨거움을 즐기기 위해 오랜만에 링 위에 올랐는데 싱겁게 끝낸다는 것은 절대 하고 싶지 않은 짓이었다.

*　　　*　　　*

"지루하군."

"잠시만 기다리시죠. 곧 그놈이 나올 겁니다."

"기대가 크니까 시간이 느리게 흐르는 것 같아."

"저 역시 그렇습니다."

제프리 조던이 한숨을 내뿜자 옆에 있던 극동 지역 스카우터 리키 루비오가 급하게 대답했다.

리키 루비오가 UFC 부사장인 제프리 조던을 초대한 것은 보름 전이었다.

대한민국에서 새로운 강자로 부상하고 있는 강태산을 그에게 보여주기 위함이었다.

리키 루비오는 강태산의 다섯 번째 시합부터 계속 쫓아다니며 관전해 왔는데 강태산의 상품성이 너무 뛰어났기 때문에 UFC의 실세인 리키 루비오에게 직접 보여주고 싶어 열 통도 넘게 보고를 올리며 와달라고 사정을 했다.

링 위에서는 페더급 경기의 최종 라운드가 진행되고 있었으나 그들은 시합에 관심을 보이지 않았다.

수준이 너무 떨어졌기 때문이었다.

지금 옥타곤에서 죽기 살기로 싸우는 놈들은 UFC에 적을 둔 선수들과 싸운다면 1회전도 견디지 못하고 나가떨어질 정도로 형편없는 실력을 보여주고 있었다.

"그런데 리키. 한국의 격투기 팬들이 이렇게 많았나. 거의 빈자리가 보이지 않는군."

"강태산 때문입니다. 로드 FC 쪽에서 워낙 광고를 많이 때렸기도 했지만 한국 관중들은 강태산의 경기 스타일에 완전히 매료되어 있습니다. 더군다나 상대가 정호철이잖습니까. 빅 이벤트죠."

제프리 조던이 고개를 돌려 꽉 찬 관중을 바라보며 의문을 나타내자 리키 루비오가 웃으면서 대답했다.

그는 그 웃음에서 자신의 판단이 절대 틀리지 않았다는 것을 나타내고 있었다.

그러나 제프리 조던은 그의 웃음을 뒤로하고 계속해서 질문을 던졌다.

"정호철이 이기면?"

"제가 약속을 했습니다. 강태산을 꺾으면 진짜 큰 무대에 데뷔시켜 주겠다고 했습니다."

"그놈은 어때?"

"그놈도 꽤 상품성이 좋습니다. 하지만 막상 우리 옥타곤에 들어가면 20위권에 있는 산체스에게도 어려울 겁니다."

"그런데 왜 그런 약속을 했나?"

"강태산을 불러내야 했으니까요."

"불러낸다. 선수가 시합을 하는데 뭐가 그리 복잡해. 불러내야 할 다른 이유가 있었단 말이야?"

"그게 이상합니다. 놈은 어떤 이윤지 한국의 유수한 격투기 팀에 소속되어 있지 않습니다. 시합 일정도 일정하지 않기 때문에 정호철과의 시합을 성사시키는 데 많은 고생을 해야 했습니다."

"피한 건 아니고?"

"그놈 성격상 그럴 리가 없습니다. 놈의 시합을 보시면 아시겠지만 절대 물러서는 법이 없는 인파이터입니다. 관중들이 가장 열광하는 스타일이죠. 더군다나 놈은 데뷔한 지 얼마 지나지 않아서 자신보다 랭킹이 높은 선수들과 줄곧 대전을 해 왔습니다. 피하거나 두려워서 도망칠 놈이 절대 아닙니다."

"그런데 왜 그랬을까. 정호철만 이기면 부와 명성을 거머쥘

수 있었을 텐데?"

"놈은 언론과 인터뷰를 일절 하지 않습니다. 어디 사는지, 가족 관계는 어떤지, 어떻게 격투기를 시작하게 되었는지조차 모를 정도로 베일에 가려져 있는 놈이죠. 제가 아는 건 저놈의 나이뿐입니다. 로드 FC 쪽에서는 여러 번 대전을 붙이기 위해서 노력했지만 연락이 되지 않아서 이제야 간신히 시합이 성사된 겁니다."

"신비한 놈이군."

"신비하죠. 더군다나 직접 보시면 아시겠지만 마스크가 정말 훌륭합니다. 본토에 데려다 놓으면 우리나라 여자들이 아마 오줌깨나 지릴 겁니다."

"자네는 나를 점점 궁금하게 만드는 재주가 있어. 어디 기대해 보지."

＊　　　＊　　　＊

텔레비전에서 로드 FC의 경기를 생중계하는 경우는 거의 없었다.

워낙 국내의 격투기 실력이 일천했고 걸출한 스타가 없었기 때문이었다.

방송에서 세계적인 선수들의 시합을 매일같이 지켜보던 사람들은 로드 FC의 녹화방송을 볼 때마다 한심하다는 표정을 지우지 못했다.

수준이 떨어지는 시합은 강렬한 UFC의 경기와 비교되면서 사람들의 관심을 점점 멀어지게 만들었다.

굳이 비교하자면 스페인의 프리메라 리가에 적응된 축구 팬들이 대한민국의 K리그를 외면하는 것과 비슷한 상황이었다.

하지만 강태산의 경기가 지속될수록 격투기 마니아들로부터 시작된 열풍은 점점 확산되어 나가고 있었다.

정교한 타격 기술과 방어 능력. 한 번도 테이크다운을 허락하지 않는 주짓수 실력은 관중들을 열광의 도가니에 빠뜨리기에 충분한 것이었다.

격투기는 특정한 몇 가지 반칙을 제외하면 거의 무제한의 공격을 허용하고 있지만 관중들은 그라운드 공방이 펼쳐지면 흥미를 잃는다.

게임이 지루해지기 때문이었다.

그런 면에서 봤을 때 강태산은 최고의 흥행 요소를 두루 갖춘 선수였다.

단 한 번도 그라운드 기술을 시도하지 않은 채 오직 주먹과 킥으로 상대를 압박해 나가는 그의 스타일은 일분일초도 관중들의 시선을 떼지 못하게 만드는 마력을 지니고 있었다.

난타전을 펼치던 페더급 경기가 홍 코너의 승리로 끝나자 관중석이 술렁이기 시작했다.

드디어 오늘의 메인이벤트가 잠시 후 벌어지기 때문이었다.

그건 중계방송을 위해 제일 앞쪽에 배치되어 있던 중계석도 마찬가지였다.

캐스터인 양인석은 페더급 경기가 끝나자 해설을 맡고 있는 서정설을 향해 흥분된 목소리를 뿜어냈는데 다소 의도적인 측면이 강했다.

"전국에 계신 시청자 여러분, 이제 곧 오늘의 메인이벤트가 벌어지겠습니다. 라이트급의 막강 챔피언 정호철 선수와 랭킹 1위 강태산 선수의 빅 매치가 잠시 후 이곳 올림픽 체육관에서 시작됩니다. 정호철 선수는 화면에서 보시다시피 18승 2패를 기록 중이며 그중 13번을 KO로 승리했고 반면에 강태산 선수는 9전 전승 9KO를 기록하고 있습니다. 전적에서 말해주다시피 양 선수의 전적은 화려하고 파괴가 넘치기 때문에 누가 우세하다고 볼 수 없을 정도로 박빙의 승부가 펼쳐질 것으로 예상됩니다. 서 위원님, 정말 기대되는 경기죠?"

"그렇습니다. 워낙 빅 매치기 때문에 벌써부터 손에 땀이 배어 나오는군요. 특히 강태산 선수는 관중들을 열광 속으로 몰아넣는 인파이팅을 펼치기 때문에 이번 경기는 최근 몇 년 간 벌어진 경기 중에서 최고의 흥행을 나타내고 있습니다. 보십시오, 경기가 벌어지기 전인데도 관중들의 반응이 뜨겁지 않습니까?"

두 사람은 벌써 몇 년 전부터 격투기 중계를 도맡아온 단짝이었기 때문에 서정설은 양인석이 물어오자 지체 없이 맞장구를 쳐줬다.

양인석이 손가락을 동그랗게 말아 올리며 오케이 사인을 내보인 것은 서정설의 대응이 마음에 들었다는 표시였다.

"서 위원님께서는 이번 경기를 어떻게 전망하고 계십니까?"

"화끈한 난타전이 될 거라고 예상합니다. 강태산 선수는 두말할 것 없는 인파이터고 정호철 선수 역시 물러서지 않을 거라 예상하고 있습니다. 아마, 이번 경기에서는 그라운드 기술을 보기 힘들 겁니다. 워낙 강태산 선수의 방어 능력이 뛰어나기도 하지만 정호철 선수가 경기 전부터 타격전을 벌이겠다고 공언했으니까요."

"강태산 선수는 한 번도 그라운드 기술을 사용하지 않았는데 주짓수 기술이 뛰어난 정호철 선수가 그라운드를 포기한다는 것은 조금 불리한 것 아닌가요?"

"제가 강태산 선수의 매니저인 김영철 씨에게 확인한 결과 강태산 선수는 누구 못지않은 주짓수 기술을 연마했다고 합니다. 그렇기 때문에 만약 그라운드로 간다 해도 절대 정호철 선수에게 밀리지 않을 거라고 하더군요."

"그런데 왜 강 선수는 그라운드 기술을 그동안 쓰지 않았을까요?"

"그것 역시 물어봤더니 강태산 선수는 관중들이 원하지 않는 경기를 하지 않겠다고 평소부터 계속해서 말해왔답니다. 화끈한 경기를 위해 그라운드로 가지 않겠다는 것이지요."

"정말 대단하군요. 사실 그동안 강태산 선수의 경기를 봤을 때 그 말을 믿을 수밖에 없을 것 같습니다. 정말 엄청난 난타전이었으니까요."

"그렇습니다. 더욱 대단한 것은 난타전을 펼치면서도 시간이 갈수록 상대를 압도한다는 것입니다. 강태산 선수는 펀치력에 다소 문제가 있는 것으로 보이나 강철 같은 체력과 타고난 스피드, 방어 능력이 발군이기 때문에 상대한 선수들은 시합이 끝난 후 다시는 싸우기 싫다는 반응을 보였습니다."

"그 부분에 대해서 짚고 넘어가야 할 것 같습니다. 강태산 선수는 서 위원님이 말씀하신 것처럼 펀치력이 강하지 않은 것으로 보이는데도 모든 시합에서 상대 선수를 녹아웃시켰습니다. 이건 어떻게 생각하십니까?"

"조금 대답하기가 애매한 부분이 있지만, 잠시 생각해 보면

답은 금방 찾아낼 수 있습니다. 피로가 누적되는 것처럼 사람은 타격을 계속 받으면 대미지가 축적됩니다. 강태산 선수의 펀치력이 약해도 계속 맞다 보니 결국 상대 선수들은 대미지가 축적되면서 버티지 못한 걸로 판단됩니다."

"그렇다면 이번 경기에서 강태산 선수보다 정호철 선수가 유리하지 않을까요. 정호철 선수는 돌주먹으로 소문났잖습니까?"

"그렇긴 하지만 누가 더 유리하다고 볼 수는 없을 것 같습니다. 그 이유는 강태산 선수의 방어 능력이 더없이 출중하기 때문입니다. 정호철 선수의 펀치력이 아무리 강해도 강태산 선수의 방어를 깨지 못한다면 이전에 강태산 선수를 상대했던 선수들처럼 만신창이가 되어 링을 내려갈 수도 있습니다."

서정설의 설명에 양인석이 머리를 끄덕인 후 자료를 뒤적거리다가 불쑥 생각난 듯 입을 열었다.

경기장을 비추던 화면이 VIP석에 있는 제프리 조던을 비췄기 때문이다.

"아, 지금 화면에 보이는 분이 UFC 부사장이신 제프리 조던 씨죠?"

"맞습니다. 특별히 이번 경기를 보기 위해 내한했다는 소리 들었습니다."

"예전부터 정호철 선수를 스카우트하기 위해 눈독을 들이고 있다는 소릴 들었는데 그 일환인가요?"

"그 옆에 있는 분이 극동 UFC 스카우터인 리키 루비오 씹니다. 저분이 정호철 선수에게 UFC 데뷔를 제시했다고 하더군요. 하지만 계약을 하기 위해서는 강태산 선수를 이겨야 한다는 전제 조건이 걸려 있었습니다."

"그건 무슨 뜻일까요?"

"아무래도 제 판단에는 UFC 쪽에서 정호철 선수보다 강태산 선수에게 더 관심을 가지고 있지 않나 하는 생각이 듭니다."

"이유가 있습니까?"

"리키 루비오는 여러 번에 걸쳐 강태산 선수의 경기를 관전했습니다. 그때마다 그는 강태산 선수의 화끈한 경기에 감탄을 금치 못하더군요. 이번 경기는 로드 FC 쪽도 많은 공을 들였지만 UFC 쪽에서도 적극적으로 나선 걸로 압니다."

"그렇다면 둘 중 이긴 사람을 스카우트하겠다는 전략일 수도 있겠군요?"

"제 생각도 그렇습니다."

서정설이 긍정한다는 듯 고개를 끄덕이자 양인석의 얼굴이 잠시 굳어졌다.

UFC의 전략이 마음에 들지 않았기 때문이었다.

국내에서 마지막 경쟁을 뚫고 살아남은 놈만 데려가겠다는 UFC의 결정은 아직까지 대한민국 격투계를 한참 아래로 내려다보는 행위였다.

　관중들로 가득 찼던 올림픽 체육관이 갑작스럽게 어둠에 잠긴 것은 양인석이 자신의 불쾌함을 슬쩍 드러내려 할 때였다.

　모든 조명이 순식간에 사라졌다가 잠시 후 동쪽 출입문 쪽으로 서치라이트가 비춰지며 선수가 나타났다.

　웅장한 음악과 함께 나타난 것은 바로 강태산이었다.

　"말씀드리는 순간, 드디어 강태산 선수가 입장하고 있습니다. 9전 9승 9KO. 불현듯 국내 격투기에 나타나 강자들을 연파하며 신성으로 떠오르고 있는 마력의 사나이. 그가 챔피언을 꺾고 넘버원이 되기 위해 링을 향해 한 발 한 발 다가서고 있습니다. 시청자 여러분, 채널 돌리지 마시고 잠시만 기다려주십시오. 저희들은 광고 후 곧 돌아오겠습니다."

＊　　　＊　　　＊

　강태산은 링 위로 올라와 조용하게 상대가 들어오기를 기다렸다.

　관중들은 그의 출현에 열광적인 함성을 지르고 있었지만

강태산은 묵묵히 몸을 풀며 반응을 보이지 않았다.

천천히 전신에서 피어오르는 쾌감.

피의 향기.

무림에서 돌아온 지 벌써 십 년이 지났고 청룡에서 활동하면서 수많은 적들과 싸워왔지만 여전히 그의 심장은 뜨거운 피를 그리워했다.

수없이 다짐하며 평범한 사람으로 살아가길 원했으나 수많은 적들을 살상하며 살아온 몸은 편안한 삶을 거부한 채 강렬한 전투 속으로 그를 끌어들였다.

이제 또다시 싸운다.

오늘 벌어지는 이 싸움이 끝나면 그는 잠시 동안 그토록 원했던 편안함을 느끼게 될 것이다.

맞은편에서 정호철이 들어오자 사람들의 벼락같은 함성이 다시 터져 나왔다.

국내에서는 적수가 없다는 사내.

그는 강력한 주먹을 지녔으며 그라운드 기술도 훌륭해서 최근 벌어진 경기까지 15연승을 기록하고 있었다.

그중 13번을 KO로 장식했으니 국내 무대가 좁다며 큰소리칠 만했다.

그가 당한 2패는 신인 시절 당한 것이었고 기량이 본격적으로 올라온 후부터는 진 적이 없었다.

하지만, 심성에 문제가 있다.

투지가 강하다는 것은 인정하지만 그는 언제나 상대가 결정되면 철저히 무시하거나 경멸에 가까운 언사를 퍼붓는 언론플레이를 즐겼다.

물론 컨셉일 수도 있다.

하지만 그런 야비한 행동을 강태산은 극도로 혐오했다.

링 위로 올라오는 놈을 향해 시선을 던지자 정호철이 성큼성큼 다가오는 것이 보였다.

놈의 얼굴은 말상이라 성큼성큼 다가오는 모습이 달리기 위해 시동을 거는 경주마처럼 느껴졌다.

단단한 체형.

운동으로 다져진 다부진 몸매는 마치 잘빠진 절구통을 보는 것 같았다.

"씨발놈아. 그동안 피해 다니느라 고생했다. 오늘 완전히 죽여주마!"

불쑥 다가온 정호철이 강태산의 귀에 대고 그렁대는 목소리를 퍼부었다.

관중들의 함성 소리가 진동하고 있었으나 놈의 목소리는 정확하게 들을 수 있었다.

웃었다.

가소로운 도발.

상대할 가치도 없는 도발은 무림에 있을 때 수도 없이 당한 것이기에 강태산은 그저 웃으며 정호철의 눈을 바라봤다.

얼굴에는 웃음이 걸려 있었으나 그의 눈에 담긴 것은 푸른 빛이 흘러나오는 살기였다.

너는 그 말 한마디로 오늘 차라리 죽고 싶다는 생각이 들만큼 괴로운 시간을 보내게 될 것이다.

정호철이 강태산에게 접근한 것을 확인한 심판이 급히 제동을 걸기 위해 걸어왔으나 이미 그는 몸을 돌려 자신의 코너 쪽으로 향했기 때문에 심판은 옥타곤의 중앙에 서서 두 사람이 다시 부딪치는 것을 막았다.

잠시 후 오늘 시합을 개최한 주요 인사들의 소개가 끝나고 장내 아나운서의 선수 소개가 우렁차게 울려 나왔다.

과장된 목소리.

그의 음성은 전장에 나가는 출정가처럼 비장했고 우렁찼다.

심판이 양 선수를 중앙에 모이게 하자 관중들의 함성 소리는 극에 달했다.

"태산아, 긴장하지 말고 준비한 대로만 하자. 초반에는 사이드로 돌면서 탐색전을 벌여."

"형, 절대 밀리지 마. 이겨서 저놈의 코를 납작하게 만들어야 해. 화이팅!"

시합을 울리는 종소리가 들리자 김 관장이 자신이 준비한 작전을 말했고 김만덕이 비명처럼 응원을 보냈다.

그런 그들을 향해 강태산은 웃음을 보여주었다.

자신이 어떤 사람인지 모른 채 잔뜩 긴장하고 있는 그들에게 보내는 걱정하지 말라는 웃음이었다.

옥타곤의 중앙으로 나가자 정호철이 잔인한 웃음을 지으며 손을 내밀었다.

툭 하고 그의 주먹을 두들긴 후 강태산은 비슷한 웃음을 그에게 흘려냈다.

한번 마음먹으면 절대 돌이키지 않는다.

너의 그 오만함과 비겁함은 오늘 여기서 종치게 만들어주마.

가드를 올린 채 접근해 나가자 정호철이 기습적으로 오른손 스트레이트를 날려왔다.

놈은 초반에 기세를 제압할 생각을 가지고 있는 것 같았다.

슬쩍 더킹으로 피한 후 가슴으로 파고들어 놈의 가슴팍을 밀어내자 휘청이며 뒤로 물러나는 것이 보였다.

따라 들어갔다.

급하게 가드를 올리는 정호철의 다리는 아직 균형이 잡히지 않았다.

얼굴은 막았으나 복부가 빈 것이 눈에 들어왔다.

왼쪽 주먹이 반사적으로 나가 놈의 오른쪽 옆구리를 가격했다.

"헉!"

허파에 바람 빠지는 소리가 정호철의 입에서 새어 나왔다.

상대의 몸이 굳어지는 게 느껴졌으나 강태산은 뒤로 물러나며 정호철이 재정비할 시간을 주었다.

다시 공격을 시작한 것은 정호철의 호흡이 다시 돌아오는 걸 확인한 후였다.

전진 스텝을 밟으며 빠르게 치고 들어가자 정호철이 양손 훅으로 맞대응을 해왔다.

그러나 늦다.

이미 강태산의 왼손 잽에 이은 오른손 스트레이트는 그의 주먹을 뚫고 정확하게 안면을 가격하고 나온 후였다.

얼굴이 덜컥 뒤로 넘어가는 걸 확인하고 다시 뒤로 빠져나왔다.

마지막 임팩트 순간에 힘을 뺐기 때문에 놈은 치명적인 대미지를 입지 않았을 것이다.

그걸 증명이라도 하듯 정호철은 금방 회복한 후 들소처럼 전진해 들어왔다.

얻어맞은 것에 대한 복수를 원하고 있는 것이 분명했다.

무차별적인 난사.

정호철은 양손 스트레이트와 어퍼컷이 연속으로 강태산을 향해 쏟아졌다.

하지만 타격을 입고 다시 물러난 것은 정호철이었다.

강태산이 위빙과 더킹으로 피한 후 정확하게 안면에 주먹을 꽂아 넣었기 때문이었다.

비틀!

정호철이 몸을 흔들며 뒤로 빠져나갔다.

워낙 정확하게 맞았기 때문에 주먹에 힘을 뺐어도 놈은 충격을 받은 것이 분명했다.

또다시 뒤로 물러났다.

이대로 시합을 끝낼 생각은 추호도 없었다.

생생하게 들려오는 관중들의 함성.

돌주먹이라고 소문난 놈의 펀치를 몇 대 맞아주자 관중들은 자리에서 모두 일어나 열광에 빠져들었다.

역시 묵직하다.

하지만 결정적인 순간에 머리를 비껴냈기 때문에 정타는 아니었다.

작용과 반작용의 원리.

격투기에서 KO가 가장 많이 나오는 순간은 공격하기 위해 접근하다가 상대의 주먹에 걸릴 때다.

힘이 증폭되면서 원래의 펀치력이 배가되기 때문인데 강태산은 그런 힘의 원리를 교묘하게 이용해서 치명타를 피해냈다.

강태산의 복싱 폼은 완벽에 가까울 정도로 균형이 잡혀 있어 흠잡을 데가 없다.

다리가 몸을 굳건히 지탱한다는 것은 언제라도 펀치를 낼 수 있다는 걸 의미하는 것이고 그것은 주먹에서 터져 나오는 펀치에 정확한 임팩트를 실을 수 있는 원천이다.

더군다나 가끔가다 뿜어내는 하이킥과 로우킥은 적의 의표를 찌르는 데 결정적인 무기로 작용되기 때문에 그와 상대한 선수들은 방어에 어려움을 겪을 수밖에 없었다.

정호철도 그것은 마찬가지였다.

점점 주먹과 킥의 강도를 높여가자 정호철은 점점 뒤로 물러나기 시작했다.

대미지가 쌓여간다는 뜻이었다.

이미 그의 얼굴은 핏물이 새어 나오고 있었다.

피… 피!

상대의 얼굴에서 피를 본 강태산이 그동안의 절제된 공격을 접고 강력한 대시를 터뜨렸다.

피 냄새.

붉은 피를 보자 예전 그때처럼 잔인한 쾌감이 피어오르며 흥분의 강도가 높아졌다.

원투 스트레이트에 이은 좌우 복부 공격에 정호철의 허리가 15도쯤 구부러졌다.

놈은 그 상태에서 미친 듯이 주먹을 휘둘렀지만 강태산은 여유 있게 빠져나왔다가 토끼를 뜯어 먹기 위해 이빨을 드러내는 늑대처럼 로우킥과 하이킥을 번갈아 작렬시켰다.

가드를 들어 하이킥은 막았으나 정확하게 종아리에 로우킥이 들어가자 정호철이 다리를 휘청였다.

다시 빠져나왔다가 또다시 접근하며 좌우 양 훅을 관자놀이에 적중시켰다.

정호철의 머리가 덜컥 떨어지면서 시선이 풀리는 것이 보였다.

그러나 강태산은 잽으로 견제만 한 후 결정타를 터뜨리지 않았다.

아직은 아니다.

너의 잔인함은 나의 것에 비한다면 새 발의 피조차 되지 않는다는 것을 똑똑히 보여준다.

심판은 정호철의 눈을 확인하면서 스톱을 시키려다가 강태산이 잽만 던지며 공격을 하지 않자 뒤로 물러나며 경기를 지속시켰다.

정호철이 간신히 대미지를 회복하면서 주먹을 휘둘렀기 때문이었다.

*　　　*　　　*

"또다시 원투, 휘청이며 물러나는 정호철 선수. 정호철 선
수 대미지가 큽니다. 강태산 선수 대단합니다!"

캐스터인 양인석이 마치 피를 토하는 것처럼 소리를 질러
댔다.

그의 목소리는 사람들의 열광과 섞여 시청자들의 피를 뜨
겁게 만들기에 충분한 것이었다.

하지만 흥분한 것은 그만이 아니었다.

이미 해설을 맡고 있는 서정설의 목소리도 양인석과 비슷
하게 변해 있었다.

"로우킥이 마치 창처럼 꽂히고 있습니다. 정호철 선수, 제대
로 왼쪽 다리를 지탱하기도 힘들어합니다. 저는 수많은 경기
를 해설했지만 이 정도로 완벽한 로우킥은 처음 보는 것 같
습니다."

"말씀드리는 순간 1라운드가 끝났습니다. 서 위원님, 예상
과는 달리 시합이 거의 일방적으로 흐르고 있는데요. 어떻게
보셨습니까?"

"정호철 선수의 얼굴이 만신창이가 되었습니다. 비틀거리

며 들어가는 모습을 봤을 때 2라운드를 버틸 수 있을지 걱정이 되는군요. 새삼 느끼는 것이지만 강태산 선수의 방어력은 정말 칭찬하지 않을 수 없습니다. 다섯 번의 테이크다운을 완벽하게 차단했고 날카로운 정호철 선수의 펀치를 대부분 위빙이나 더킹으로 피했습니다. 강태산 선수의 방어 능력은 국내 최고 수준이라고 평가할 수 있겠습니다."

서정설은 말을 하고 나서 혀를 내둘렀다.

그는 진심으로 강태산에 대한 감탄을 숨기지 못하고 있었다.

양인석이 서류를 들척인 후 다시 입을 연 것은 1라운드의 하이라이트를 보면서였다.

화면에는 강태산의 오른손 스트레이트를 맞은 정호철이 뒤로 물러나며 반격하는 장면이 나오는 중이었다.

"우리가 우려했던 강태산 선수의 펀치력은 어떻게 생각하십니까. 정타로 정확하게 맞았는데도 정호철 선수가 반격을 하지 않습니까?"

"그것도 제가 잘못 본 것 같다는 생각이 드는군요. 정호철 선수의 맷집은 로드 FC에서 최고라고 알려졌는데 제대로 걸어 들어가지도 못했습니다. 1라운드 후반으로 들어오면서 정호철 선수가 그로기 상태에 빠진 것도 세 번은 되는 것 같습니다. 그만큼 강태산 선수의 펀치력이 날카롭다는 것이지요."

"만약 이번에 강태산 선수가 이긴다면 UFC에 입성할 수 있을까요?"

"당연히 UFC 측에서는 계약을 하려고 할 겁니다. 보십시오. 지금 관중들의 반응은 거의 광적이지 않습니까. 강태산 선수의 경기 스타일과 시합을 대하는 투지로 봤을 때 상품성은 충분하다고 생각됩니다."

"말씀드리는 순간 2라운드가 시작되었습니다. 정호철 선수 얼굴이 엉망이 되어 있습니다. 왼쪽 눈썹 위의 출혈이 너무 심한 것 같습니다."

"급하게 지혈은 한 것 같은데 많이 찢어졌군요. 더군다나 눈이 심하게 부었기 때문에 경기가 제대로 치러질지 의문입니다."

"강태산 선수 레프트 잽. 정호철 선수의 안면에 적중합니다. 정말 기가 막힌 잽입니다. 마치 스트레이트를 던지는 것처럼 보입니다."

"훌륭합니다. WBA 복싱 챔피언이었던 제프리 홀던은 왼손 잽 하나로 세계를 제패했다고 알려져 있는데 강태산 선수의 레프트 잽도 무서울 정도로 정확하고 날카롭습니다."

"강태산 선수의 로우킥이 다시 한 번 터집니다. 정호철 선수 중심을 잡지 못하고 물러섭니다. 따라 들어가는 강태산 선수. 좌우 스트레이트. 비틀거립니다. 아⋯ 또다시 강력한 어퍼컷. 다운, 다운입니다. 정호철 선수 다운입니다. 어렵습니다. 일어나지 못하고 있습니다."

"정신을 잃었습니다. 심판이 잘 말렸습니다."

"와우, 정말 대단합니다. 정말 번개 같은 좌우 스트레이트에 이은 무서운 어퍼컷이었습니다."

"대단합니다. 제 눈이 의심스럽습니다. 이 정도 실력이라면 강태산 선수는 UFC에 가도 충분히 통할 것 같습니다."

*　　　　*　　　　*

강태산은 정호철이 정신을 잃고 쓰러지자 지체 없이 등을 돌려 자신의 코너로 돌아왔다.

정호철의 세컨들뿐만 아니라 의사들까지 뛰어들었기 때문에 금방 옥타곤은 난장판으로 변했지만 김 관장과 김만덕은 강태산을 끌어안고 기쁨을 숨기지 못했다.

1라운드가 끝나면서 승산이 있을 거라 예상했어도 이렇게 빨리 끝장을 낼 거라고는 생각하지 못한 모양이었다.

"태산아, 잘했다. 정말 잘했다. 태산이 만세다."

"형, 수고했어. 정말 멋져 부러!"

김만덕이 무등을 태우기 위해 끙끙거리는 것을 제지한 강태산이 쓸쓸한 웃음을 지었다.

마음이 편치 않았다.

상대를 떡이 되도록 짓밟아야 편안해지는 자신의 삶은 이런 순간이 올 때마다 지겹도록 가증스러웠다.

정호철이 겨우 일어난 후 강태산은 링 아나운서의 진행에 따라 챔피언 벨트를 매고 사진을 찍었다.

소감을 묻는 질문에 짧게 대답하고 사진을 찍기 위해 달려든 기자들에게 포즈를 취하자 인형처럼 생긴 미녀들이 좌우로 다가와 그의 어깨에 손을 올렸다.

로드 FC가 자랑하는 강민경과 황인혜였다.

그녀들은 수백 대 일의 경쟁을 뚫고 로드 FC의 간판으로 활동하고 있는 라운드걸이었다.

강민경이 말을 걸어온 것은 퇴장하기 위해 옥타곤을 나왔을 때였다.

"연락 줘요."

그녀가 악수하듯 내민 손에 든 것은 작은 종이였다.

남들이 보는 것을 의식한 듯 급히 돌아서는 그녀의 얼굴에는 묘한 미소가 걸려 있었다.

쓴웃음이 자신도 모르게 새어 나왔으나 종이를 버리지는 않았다.

종이에는 분명 그녀의 핸드폰 번호가 적혀 있을 것이다.

준다는 것을 마다한 적은 없다.

무림에 있을 때 그는 많은 여자들과 한순간의 쾌락을 위해 잠자리를 수도 없이 가졌다.

힘을 가진 그를 유혹하는 여자들은 비천사에 부지기수로 널려 있었기에 하룻밤 잠자리는 유희에 불과한 것이었다.

몇 사람이 조심스럽게 노크를 한 후 라커룸에 들어온 것은 강태산이 샤워를 마치고 옷을 갈아입을 때였다.

앞에서 들어온 사람은 UFC 부사장인 제프리 조던과 극동 스카우터 리키 루비오였고 뒤에 선 사람은 젊은 청년이었는데 통역사였다.

"강태산 선수, 훌륭한 시합이었습니다. 저는 UFC 스카우트 책임자이자 부사장인 제프리 조던입니다."

"고맙습니다."

강태산은 통역을 쓰지 않고 그의 말을 곧장 받았다.

그러자 제프리 조던의 얼굴이 활짝 밝아졌다.

동양의 격투기 선수가 UFC에 진출한 경우는 많았지만 영어를 구사하는 사람은 한 명도 없었는데 강태산은 유창한 영어를 구사했기 때문이었다.

점점 매력적이다.

이 정도라면 경기가 끝났을 때의 인터뷰는 물론이고 토크쇼나 각종 행사에서도 전혀 어색함이 없이 대화가 될 것이다.

만족스러움에 제프리 조던의 얼굴에는 환한 미소가 떠나지 않았다.

관중들의 피를 들끓게 만드는 엄청난 경기력만 가지고도 충분히 만족스러웠는데 영어까지 구사하자 행운을 잡은 것 같은 느낌이 온몸을 적셔왔다.

강태산의 경기를 보는 내내 온전히 자리에 앉아 있을 수 없었다.

저절로 몸에서 경련이 일어났고 시합이 끝났을 때 양손에는 땀이 축축이 배어 나오고 있었다.

그만큼 그의 시합은 강렬했고 대단했다.

그랬기에 그는 지체 없이 강태산에게 자신이 찾아온 용건을 꺼내 들었다.

"당신과 계약을 하고 싶소. 이것은 내가 경기장에서 직접 작성한 계약 조건이니 확인해 주면 고맙겠소."

제프리 조던이 종이를 내밀자 강태산의 얼굴에서 묘한 미소가 피어올랐다.

예상했던 일이다.

강태산은 격투기를 시작하면서 UFC에 가기를 강하게 원하고 있었다.

강한 자들과의 싸움은 그가 항상 원하는 일이었다.

계약서의 주요 내용은 총 6경기를 뛰는 조건으로 파이트머니와 승리 수당이 각각 2만 달러였고 한 번 이길 때마다 다음 경기의 금액이 3천 달러씩 올라간다는 것이었다.

우리나라 돈으로 순수 대전료는 2천만 원 정도고 승리를 하면 수당을 합쳐 4천만 원이 넘는 돈이었다.

인지도가 없고 UFC에 처음 입성하는 선수들이 그 반밖에 받지 못했으니 제프리 조던의 제안은 꽤나 파격적인 것이었다.

하지만 강태산은 그를 향해 고개를 가로저은 후 유창한 영어로 자신의 조건을 말했다.

"경기당 3만 달러, 승리 수당도 마찬가집니다. 경기에 이겼을 때 상승분은 5천 달러, PPV(pay—per—view : 프로그램 유료 시청제)는 50만 건 이상일 때 건당 3달러를 주시오. 계약금은 15만 달러고 그중 반은 일주일 이내에 입금하면 좋겠습니다. 우리 관장님이 요새 체육관을 옮기려고 하는데 돈이 부족하거든."

"그건 터무니없는 조건이오."

"내 조건은 변함이 없으니 나를 정말로 스카우트하고 싶다면 결정은 당신이 하시오. 하지만 결정하는 순간 당신네 UFC는 나로 인해 떼돈을 벌게 될 테니 잘 결정해야 할 거요. 아참, 한 가지 빼먹은 게 있군요."

"또 뭡니까?"

"내가 상당히 바쁜 사람입니다. 그러니 출전 대회는 내가 결정한다는 내용도 계약서에 넣었으면 좋겠습니다."

제3장
일상으로의 초대

강태산은 터벅터벅 걸어 신촌에 있는 한옥으로 들어섰다.

이곳에서 그는 10년째 하숙생으로 살아오고 있었다.

그의 얼굴은 천변면구의 마지막 얼굴이 자리 잡고 있었는데 순박하고 착한 얼굴이었다.

"이모, 저 왔어요!"

문을 열자마자 소리부터 질렀다.

문으로 들어서는 순간 마음이 편해졌고 오랜만에 보는 주인아주머니와 동생들의 얼굴이 보고 싶어져 마음이 급해졌다.

작전이 끝나자마자 로드 FC에서 주최한 경기를 치르느라 집으로 돌아온 것은 한 달 만이었다.

"오빠야!"

부른 건 주인아주머닌데 나온 건 큰딸인 서은정이었다.

처음 봤을 때는 중학생이었던 그녀는 10년이 지난 지금 꽤나 유명한 광고 회사에 다니는 회사원이 되어 있었다.

아름답다. 그리고 착하다.

더군다나 그녀는 강태산을 친오빠처럼 따랐기 때문에 아직도 그를 만나면 어리광을 부린다.

"이게 도대체 얼마 만이야. 해외 출장을 한 달씩이나 가는 게 어디 있어?"

"그러게 말이다. 내가 아주 힘들어 죽겠어요."

"얼씨구."

"너는 편하게 직장 다니니까 내가 얼마나 힘든지 몰라서 그래. 이 일 정말 힘들어."

"그래도 먹고살려면 열심히 다녀야지."

"이모는 어디 가셨어?"

"오늘 오빠 온다는 연락 받고 불고기 사러 가셨다."

"아하, 불고기!"

"좋단다."

"내가 불고기 귀신이잖아."

"힘들었겠다. 들어가서 먼저 씻어."

"다른 놈들은?"

"은영이는 데이트 갔고. 현수는 학원 갔어. 아마 밥 먹을 때면 들어올 거야."

"내가 너희들 선물 사 왔다. 이따가 밥 먹을 때 보여줄게."

"흥, 또 짝퉁 사 온 거 아냐?"

"이번에는 정말 좋은 거 사 왔어. 기대해도 좋아."

"안 믿는다. 한두 번 속았어야지."

서은정은 역시 이번에도 안 믿었다.

식구들에게는 여행사에 다니는 것으로 했기 때문에 작전을 나갈 때마다 선물을 사 왔지만 권 여사를 비롯해서 두 여자는 노골적으로 불만을 표시했다.

허겁지겁 남대문에서 대충 골라 왔기 때문이었다.

생명 수당을 포함해서 제법 연봉이 많았으나 강태산은 일부러 비싼 선물을 하지 않았다.

여행사의 평사원으로 알고 있는 그녀들에게 비싼 선물을 한다는 것은 전혀 어울리지 않는 짓이기 때문이었다.

재밌는 것은 불평불만을 터뜨리면서도 그가 사 온 선물들을 그녀들이 애지중지하면서 쓴다는 것이었다.

강태산은 그녀들에게 특별한 존재였다.

10년 전 그가 이곳에 처음 들어왔을 때 이 집에는 주인아주머니인 권 여사와 아저씨, 그리고 두 딸과 어린 아들이 살고 있었다.

주인아주머니인 권 여사는 4명의 하숙생을 받으며 생활비를 보탰고 아저씨는 건설공사 현장에서 일을 하시는 분이었다.

부유하지 않았지만 단란한 가정.

언제나 집안은 웃음꽃이 가득했고 행복한 모습을 잃지 않았다.

그러나 그들에게 불행이 찾아온 것은 5년 전이었다.

일하는 공사 현장에서 아저씨가 교량이 무너지는 사고로 목숨을 잃었던 것이다.

한순간에 닥친 불행에 식구들이 모두 정신을 놓았을 때 강태산은 모든 일을 접어두고 혼자 상주 노릇을 하며 장례를 치렀다.

고아였던 아저씨에게는 장례를 치러줄 가족들이 없었고 그것은 권 여사도 마찬가지였다.

그 슬픔을 너무나 잘 안다.

그토록 자신을 사랑했던 부모님이 7년 전 불의의 사고로 돌아가셨을 때 그는 무림에서 현실로 돌아온 이후 처음으로 짐승처럼 많은 눈물을 흘렸었다.

하나밖에 없는 아들을 누구보다 사랑했던 부모님은 모든

정성을 기울여 자신을 키우셨고 어려운 형편에도 대학에 보내기 위해 허리가 휘도록 고생을 하셨지만 호강 한번 해보지 못하고 세상을 등지셨다.

부모님을 떠나보내고 그는 선산에 모신 부모님의 묘에서 일주일간 꼬박 움직이지 않은 채 속죄에 속죄를 거듭했다.

그 역시 혼자 부모님을 보내야 했다.

일가친척이 거의 없었기에 장례식장은 싸늘했고 부모님은 제대로 된 사람들의 슬픔에 찬 눈물조차 받아보지 못하고 하늘나라로 가셨다.

그랬기에 그는 넋을 잃은 권 여사와 눈물을 멈추지 못하는 아이들을 다독이며 큰아들이 되어 아저씨가 편히 쉴 수 있도록 끝까지 모셨다.

권 여사는 한동안 아무것도 하지 못했기 때문에 하숙생들은 하나, 둘 떠나갔고 결국 그만 혼자 남았다.

건설 회사에서 제법 커다란 보상금과 산재보험이 나왔기 때문에 권 여사는 그날 이후로 하숙을 그만두었다.

권 여사가 돌아온 것은 강태산이 샤워를 마치고 거실에서 서은정과 도란도란 이야기하고 있을 때였다.

"아이고, 우리 태산이 왔네!"

"이모, 못 본 동안에 더 젊어졌어요."

"호호, 거짓말. 그래도 듣기는 좋다."

"정말인데. 이모는 갈수록 예뻐지는 것 같아요."

강태산이 아부를 하자 권 여사가 방글거리며 웃었다.

곱게 늙어가는 모습.

남편을 잃었을 때의 그 가슴 아픈 기억은 가슴속에 묻어 놓고 그녀는 가족들과 강태산이 함께하는 삶에서 행복을 찾아가고 있었다.

서은정이 불쑥 나선 것은 강태산의 아부가 도가 지나치다고 느꼈기 때문이었다.

"하여간 오빠 대단해. 그런 아부는 어디서 배웠어?"

"난 언제나 사실만 말한다."

"에휴, 내가 말을 말아야지."

"이모, 나 배고파요. 미국에서 20시간이나 날아와서 점심도 굶었거든요."

"어, 그래. 잠시만 기다려. 내가 얼른 준비할게."

권 여사가 부엌으로 사라지자 서은정이 입을 삐죽이며 강태산을 향해 손을 내밀었다.

"오빠야, 일단 보자. 뭐 사 왔는지 내놔봐."

"싫어. 식구들 전부 모이면 보여줄 거야."

"왜?"

"그래야 효과가 크잖아."

"무슨 효과?"

"칭찬은 한꺼번에 받아야 훨씬 기쁜 법이다."

"비난도 마찬가진 걸 모르는군."

"크크크, 그래도 안 줘. 기다려라."

"죽고 싶은 거지. 오빠 간지럼 타고 싶어?"

"어, 그러지 마. 넌 왜 오랜만에 돌아온 오빠를 이렇게 괴롭히냐!"

서은정이 비장의 무기인 손톱을 들이밀고 덤비자 강태산이 펄쩍 뛰며 뒤로 물러났다.

어렸을 때부터 간지럼을 태우면 죽는다고 웃어줬더니 그녀는 아직도 강태산이 마음에 들지 않으면 이렇게 덤벼든다.

은영과 현수가 동시에 대문을 열고 들어온 것은 두 사람이 엎치락뒤치락하면서 장난을 치고 있을 때였다.

"오빠야!"

"형!"

강태산을 발견한 은영이 먼저 소리를 질렀고 뒤이어 현수가 달려들었다.

은영은 대학 3학년이었고 현수는 고등학교 2학년이라 한창 팔팔한 청춘들이었다.

"잘들 지냈지?"

"그럼! 우리야 별일 있겠어? 그런데 오빠는 얼굴이 조금 탄 것 같다."

"미국에서 여행객들 모시고 땡볕에서 쏘다니다 보니까 그을렸다. 어때, 야성미가 물씬 풍기지?"

"켁, 어떻게 말을 그렇게 받냐."

은영이 어이없다는 표정을 지으면서도 환한 웃음을 터뜨렸다.

이런 농담이 그리웠다.

강태산이 집에 있을 때면 꽉 찬 느낌이 들었고 든든해서 저절로 마음이 놓였다.

그래도 여동생들은 이제 다 컸기 때문에 함부로 몸을 끌어안는 법이 없었지만 현수는 들어오자마자 강태산을 끌어안고 한동안 놓지 않았다.

그가 하숙집에 들어왔을 때 현수의 나이는 7살에 불과해서 업어 키웠다는 말이 어울릴 정도로 돌봐주었다.

아저씨가 불의의 사고로 돌아가신 후로는 더욱 그럴 수밖에 없었다.

집안에 남자라고는 강태산 혼자뿐이었기 때문에 현수는 그가 집에 있을 때면 그림자처럼 따라다녀서 많은 시간을 같이 했다.

"인마, 넌 다 큰 놈이 아직도 끌어안고 그래. 징그러우니까 비켜."

"싫어."

"공부는 열심히 했고?"

"그럼 당연하지."

"그런데 얼굴은 왜 그래. 무슨 일 있었어?"

"아니야, 저번에 길 가다가 넘어져서 다친 거야."

"조심 좀 하지!"

강태산이 현수의 얼굴을 어루만지며 혼내듯이 소리를 쳤다.

하지만 그 목소리에는 애정이 잔뜩 담겨 있었다.

그러면서도 그의 얼굴은 순식간에 굳어졌다가 펴졌다.

현수의 얼굴은 넘어져서 생긴 게 절대 아니었다.

넘어져서 다쳤다면 날카롭게 찢어져야 정상인데 현수의 얼굴에는 멍 자국과 함께 함몰형 상처가 나 있었다.

누군가에게 맞았다는 뜻이다.

그랬기에 강태산은 슬그머니 이를 깨물며 시선을 돌렸다.

오랜만에 한자리에 모인 식구들은 같이 밥을 먹으면서 그동안 있었던 일들에 대해 이야기를 하며 웃음꽃을 피웠다.

식탁에는 강태산이 가장 좋아하는 불고기가 고소한 냄새를 피워냈고 갖가지 맛있는 반찬들이 올라와 있었다.

권 여사가 특별히 마련한 음식들이었다.

은영이가 입술을 삐죽인 것은 평소에 올라오지 않는 반찬들이 가득 상을 채웠기 때문일 것이다.

"엄마는 맨날 오빠만 좋아해. 평상시에도 우리 이렇게 좀 먹자."

"시끄러워. 태산이가 고생하고 왔으니까 그렇지."

"나도 공부하느라 고생하고 있거든요."

"그나저나 걱정이야. 태산이 얼굴이 점점 안돼 보여. 일이 고단한 모양이다."

"괜찮아요."

권 여사의 걱정에 강태산이 빙그레 웃으며 대답을 하자 이번에는 은정이가 나섰다.

"괜찮긴 뭐가 괜찮아. 평소에 운동 좀 하고 그래라. 남자가 샌님처럼 방 안에만 틀어박혀 있으니까 몸이 그 모양이지."

"나, 열심히 운동도 해."

"무슨 운동?"

"숨쉬기, 밥 먹기, 그리고 잠자기."

"죽는다."

"야, 시간이 있어야 운동을 하지. 일하기도 바쁜데 무슨 운동을 해."

"그러지 말고 우리 시간 날 때마다 운동하자. 내가 공휴일에 공원에 가서 같이 뛰어줄까?"

"싫어."

"왜 싫은데?"

"난 뛰는 거 질색이야. 그리고 오랜만에 쉬는 날에 뭐하러 그런 고생을 해."

"아이구, 이 샌님 오빠야."

"운동 대신 우리 내일 영화나 보러 가자. 오랜만에 식구들 모두. 어때?"

"그거 좋은 생각이네. 그런데 어떤 영화 보러 갈 건데?"

"요즘 '내일의 태양'이 인기가 많다며. 천만이 넘었다고 하던데 그거 보러 가자."

강태산이 식구들을 보며 제안을 하자 단박에 냉담한 반응이 돌아왔다.

특히, 은영과 현수의 반응은 차가울 정도였다.

"그건 예전에 봤다. 볼 사람은 다 봐서 상영 시간도 거의 없는 영화를 이제 보자는 게 말이나 돼!?"

"그런가? 그럼 다들 본 거야?"

"아니, 난 안 봤어. 오빠 오면 같이 보려고 기다렸다. 어때, 착하지!"

동생들과 다르게 은정이 두 눈을 깜빡거리며 강태산을 바라보았다.

예뻐해 달라는 표정이었고 같이 가겠다는 강력한 의사 표현이었다.

하지만 그녀의 의도는 은영으로 인해 원천적인 방해를 받았다.

"착하긴 개뿔. 언니는 바빠서 안 본 거지. 지금 그거 안 본 사람이 어디 있어. 그러지 말고 우리 다른 거 보러 가자."

"난 그거 보고 싶은데. 미국에 있을 때부터 보고 싶었던 거야."

"아, 이 사람아. 다른 사람은 다 봤다잖아!"

"은정이도 안 봤고 이모도 안 보셨어. 그러니까 안 본 사람이 반수가 넘는다."

"죽는다."

"이것이 툭하면 오빠한테 죽는다네."

"오빠야, 다른 거 보러 가자. 요즘 잘나간다는 영화들 많아."

"난 꼭 내일의 태양 보고 싶어. 거기 여주인공인 한설희가 너무너무 예뻐서 꼭 그거 봐야 돼."

"이 오빠가 사람 미치게 만드네."

"니들은 나중에 다른 거 봐. 내가 오빠하고 엄마랑 갔다 올 테니까."

"아이, 씨. 그런 게 어디 있어!"

중간에 은정이가 끼어들자 은영이가 입을 내밀며 불만을

토로했다.

하지만 이미 반쯤은 포기한 기세였다.

권 여사가 빈 그릇을 들고 일어난 것은 은영의 말이 끝남과 거의 동시였다.

"난 내일 계모임 있어서 하루 종일 집에 없을 거다. 그러니까 은정이나 데리고 갔다 와."

시끌벅적한 저녁 식사가 끝나고 식구들이 차를 마시기 위해 거실에 모였을 때 강태산은 자신의 방에서 가방을 들고와 선물들을 꺼냈다.

식구들의 눈은 초롱초롱 빛나고 있었다.

그동안 강태산은 돌아올 때마다 실망시키는 선물들을 들고 왔지만 이 순간이 되면 기대에 찬 시선을 숨기지 못했다.

그러나 강태산은 이번만큼은 자신 있었다.

파이트머니를 천만 원이나 받았기 때문에 제법 괜찮은 것들로 장만했기 때문이었다.

"이게 뭔 일이니, 이거 샤넬이잖아. 이렇게 비싼 걸 뭐하러 사 왔어!"

권 여사가 펄쩍 뛰면서 화장품 세트를 끌어안았다.

전혀 기대하지 않았던 선물에 그녀는 고맙다는 인사조차 하지 못하고 걱정부터 늘어놨다.

샤넬은 화장품 중에서도 최상급에 속하는 것이었기에 그
녀는 선물을 끌어안은 채 계속해서 잔소리를 했다.

하지만 동생들은 엄마의 반응을 뒤로하고 가방에서 꺼내
지는 자신들의 선물을 확인하느라 정신이 없었다.

현수에게는 현재 세계를 휩쓸고 있는 록그룹 샤크라의 오
리지널 한정판 CD가 쥐어졌다.

현수는 록의 광팬이었기 때문에 오래전부터 샤크라의 오리
지널판을 갖고 싶어 했었다.

동생이 기뻐하는 모습에 강태산의 얼굴이 활짝 펴졌다.

누군가를 기뻐하게 만드는 선물을 준다는 건 정말 행복한
일이었다.

그러나 문제는 여동생들이 선물을 확인하고 나서 터졌다.

은정과 은영은 강태산이 꺼낸 선물을 확인하고 손을 부들
부들 떨었는데 충분히 열 받은 모습들이었다.

"이걸 선물이라고 사 왔어?"

"비싼 거야. 한 세트에 이백 달러나 줬어. 왜, 마음에 안 들
어?"

"이씨, 다 큰 처녀들한테 속옷을 선물하는 저의가 뭐냐!"

빅토리아 시크릿.

미국에서 가장 유명한 여성 속옷 브랜드다.

여자들이 가장 가지고 싶어 한다는 브랜드라 나름대로 큰

마음 먹고 사 왔는데 동생들은 쌍심지를 켜고 자신을 노려보고 있었다.

하지만 더욱더 큰 문제가 생긴 것은 그녀들이 사이즈를 확인하고 난 다음이었다.

"오빠, 도대체 우리 사이즈는 어떻게 안 거냐?"

"알긴 뭘 알아."

"어떻게 정확히 우리 속옷 사이즈를 맞춰서 사 온 거냐고!"

"그거야……."

답변이 궁했다.

평소에 눈여겨봤기 때문에 눈대중으로 점원에게 요청해서 샀다는 말은 죽어도 할 수 없는 것이었다.

그랬기에 강태산은 머리를 긁적이며 말을 흐릴 수밖에 없었다.

이대로 있다가는 맞아 죽을 것 같은 분위기였기 때문에 주섬주섬 그녀들이 내려놓은 속옷을 케이스에 다시 담았다.

잘못된 일이라면 최선을 다해 재빨리 수습하는 것이 인생을 현명하게 살아가는 지름길이다.

"미안해. 남자가 속옷 선물하면 안 되는 줄 몰랐어. 나중에 갈 때 다른 걸로 바꿔 올게."

"만지지 마!"

"왜?"

"그걸 언제 바꾸냐?"

"그럼 어떡해."

"색깔이 마음에 안 들지만 성의를 생각해서 그냥 입어준다."

"아냐, 아냐. 다시 바꿔 올게."

"이씨, 만지지 말라고 그랬지!"

여자들 마음은 조석지변이라더니 도대체 무슨 마음인지 알 수가 없다.

어차피 입을 거면서 그럼 왜 사람 무안하게 방방 떴단 말인가.

신경질이 치밀어 올랐지만 그저 입맛만 다시고 속옷으로 향했던 손을 거둬들여 권 여사가 타 온 커피 잔을 들어 올렸다.

"현수야, 텔레비전이나 틀어봐라. 에잇, 나쁜 계집애들."

"하하, 알았어."

강태산의 신경질에 현수가 배꼽을 잡으며 리모컨을 들어 올렸다.

강태산의 눈이 가라앉은 것은 화면이 켜지면서 자신의 얼굴이 보였기 때문이었다.

TBC 스포츠 뉴스.

텔레비전에서는 정호철과의 시합이 방송되면서 강태산이

UFC와 전격적으로 계약했다는 뉴스가 흘러나오고 있었다.

리모컨을 손에 든 현수의 탄성이 터져 나온 것은 정호철이 녹아웃되는 장면이 방송될 때였다.

"와아, 강태산이다."

"네가 쟤를 어떻게 알아?"

"나, 완전 저 형 광팬이야. 저번 타이틀전도 생방송으로 봤어. 정말 흥미진진했는데 형은 못 본 모양이네."

"당연하지, 미국에 있었는데 어떻게 봐."

"정말 대단했어. 저기 챔피언이 꼼짝도 못 하고 작살나게 두들겨 맞았다니까."

"챔피언이 약했던 모양이지."

"아니야, 저 챔피언도 강했지만 강태산 선수가 너무 강했던 거야. 한마디로 죽여줘."

"이름은 좋다."

"난 형이랑 이름이 같아서 저 사람이 무척 친하게 느껴져."

"너 같은 샌님이 언제부터 격투기를 좋아했데?"

"요즘 격투기가 대세잖아. 난 UFC 챔피언 맥그리거가 정말 좋아."

"걔가 누군데?"

"막강한 무적의 챔피언. 20전 전승에 18KO를 기록했고 벌써 7번이나 타이틀을 방어하고 있어. 맥그리거의 원투 스트레이트는 일품 중의 일품이야."

"현수야, 너 공부는 안 하고 격투기만 공부했어?"

"공부를 왜 안 해. 열심히 공부하면서 시합이 있을 때마다 틈틈이 본 거지. 남자들의 세계, 격투기. 멋지지 않아?"

"얼씨구."

"그런데 저 사람도 짱이야. 요즘 로드 FC에서는 강태산의 인기가 대단해. 무시무시한 인파이터라 사람들이 저 형 게임만 보면 미쳐 버려. 나도 마찬가지고."

"사람 때리는 놈이 뭐가 좋아. 생긴 것도 꼭 기생오라비처럼 생겼는데!"

강태산이 입을 주욱 내밀고 반대 의견을 말하자 은영이가 뒤늦게 합세를 했다.

"이봐요, 아저씨. 저건 기생오라비라고 말하는 게 아니라 훈남이라고 하는 거랍니다. 기생오라비는 오빠같이 순둥이처럼 생긴 사람을 말하는 거고."

"어허, 내가 어떻게 기생오라비냐, 저놈이 기생오라비지."

"저기 복부에 임금 왕 자 팍 새겨져 있는 거 안 보여? 저걸 보고 유식한 사람들은 식스팩이라고도 하지. 오빠에게는 전혀 딴 세계 얘기지만 말입니다."

"나도 있다. 보여줘?"

"원팩이겠지. 어허, 그 추리닝 열지 마. 그거 열면 나 소리지른다."

강태산이 주섬주섬 추리닝에 손을 대자 은영이 소리를 빽
질렀다.

그녀는 어느새 손으로 얼굴을 가리고 있었는데 손가락이
벌어져 눈동자가 고스란히 보였다.

그 모습에 나머지 식구들이 배꼽을 잡고 웃었다.

행복한 시간.

자신이 죽인 수많은 자들의 원혼 속에서도 버틸 수 있는
것은 이런 행복들이 그의 삶 속에 들어 있기 때문일 것이다.

제4장
야차의 처리 방법

서현수는 어려서부터 공부를 잘했다.

고등학교에 들어와서도 전교 10등 안에는 반드시 들었고 그놈들을 만나기 전까지 즐겁게 학교생활을 하며 행복하게 살았다.

어렸을 때 아버지가 돌아가셨지만 자상한 어머니와 그를 언제나 아껴주는 누나들이 있어 불행하다는 생각은 한 번도 한 적이 없었다.

그러나 그를 가장 즐겁게 만들어준 것은 오래전부터 하숙을 하고 있는 형이 있었기 때문이었다.

형은 착하고 순박했는데 명문 대학교를 졸업한 후 이제는 여행사에서 근무하고 있었다.

어려서부터 형은 그의 보호자이자 친구였고 아버지 같은 존재였다.

그렇게 남부러울 것 없는 일상을 보내던 그에게 어느 날 불행이 찾아들었다.

'불사조'.

어이없게도 놈들은 고등학생 주제에 말도 안 되는 단체를 만들었는데 불사조란 이름을 달고 있었다.

처음에는 자신과 아무런 상관이 없는 놈들이라고 생각했기에 상종조차 하지 않으려 했다.

하지만 그에게 괴로움이 닥치기 시작한 것은 새롭게 전학 온 놈이 불사조의 짱으로 등극하면서부터였다.

놈의 이름은 김장호.

김장호는 전학 온 지 불과 두 달 만에 그가 다니는 신명고를 완전히 휘어잡아 버렸다.

뛰어난 싸움 실력을 지닌 놈은 주먹깨나 쓴다는 놈들은 물론이고 불사조에 소속된 놈들까지 박살을 낸 후 스스로 불사조의 짱이 되었다.

불사조에 소속되어 있는 놈들이 발악을 했지만 놈에게는 또 다른 배경이 있었다.

바로 신촌에서 활개치고 다니는 양아치들의 대빵이 그의 형이었던 것이다.

김장호가 그를 괴롭히기 시작한 것은 이혜진의 존재로 인해서였다.

이혜진은 그와 같은 중학교를 졸업한 후 신명고로 같이 진학했는데 2학년 때부터 현수와 자연스럽게 사귀는 사이로 발전했다.

예쁘면서도 명랑한 이혜진을 놈은 좋아했던 모양이었다.

놈의 접근에 이혜진이 질색을 하며 계속 피하자 김장호는 그 원인을 서현수라고 판단했다.

처음에는 놈도 공부를 잘해서 선생님들의 집중 관리를 받고 있는 서현수를 쉽게 건드리지 않았다.

아무리 불사조를 이끄는 짱이라도 선생님들과 전면전을 벌일 수 없기 때문이었다.

하지만 놈은 집요한 성격을 가졌고 철두철미할 정도로 머리가 잘 돌아갔다.

저는 배후에서 나타나지 않은 채 똘마니들을 시켜 현수의 공부를 방해하며 괴롭히기 시작했던 것이다.

그리고 그 강도는 점점 심해져 몇 개월이 흐르면서 현수의 성적이 떨어지자 직접 손을 대고 있었다.

놈은 잔인했다.

돈을 뺏는 것은 물론이고 수시로 구타를 해댔다.

현수와 친했던 친구들은 불사조의 위세와 김장호의 협박으로 인해 하나둘 떨어져 나갔고 결국 외톨이가 될 수밖에 없었다.

괴로웠다.

그럼에도 누구에게 말조차 하지 못했다.

어차피 말해봤자 김장호는 불사조의 뒤로 숨어버릴 것이고 그리되면 그만 더 괴로워질 거란 판단이 들었다.

집에는 누구보다 잘해주는 엄마와 두 누나가 있었으나 자신의 처지를 말해서 괴로움을 주고 싶지 않았다.

집안에 남자는 그 혼자뿐이었다.

그런 자신이 괴롭힘을 당한다는 사실을 말한다는 건 죽기보다 싫은 짓이었다.

그러나 그를 가장 힘들게 만든 것은 이혜진이었다.

착한 성격을 가진 그녀는 자신으로 인해 서현수가 일진들에게 괴롭힘을 당하자 수시로 울면서 괴로워했다.

"현수야, 괜찮아?"

"응. 신경 쓰지 마."

"어떡해, 나 때문에……."

"너 때문이 아니야. 난 잘 견뎌내고 있으니까 그런 생각 안 했으면 좋겠어."

"바보야, 얼굴에 멍 자국 봐. 흑… 흑……."

점심시간에 다가온 이혜진은 서현수의 얼굴을 보면서 또다시 눈물을 흘렸다.

가슴이 아팠다.

좋아하는 여자친구에게 부끄러운 모습을 보여야 하는 자신의 처지가 너무나 한심해서 미칠 것만 같았다.

그러나 그가 할 수 있는 것은 아무것도 없었다.

지금도 마찬가지였다.

이혜진은 점심시간에 김장호가 잠깐 자릴 비운 사이에 겨우 찾아왔던 것이다.

만약 두 사람이 이야기를 나눈 것이 놈의 시야에 잡힌다면 그냥 두지 않을 게 뻔했다.

한숨이 흘렀지만 그녀를 위로해 주고 싶었다.

"혜진아, 곧 시간은 흘러. 장호가 아무리 나를 괴롭혀도 언젠가 우리는 이 학교를 졸업하게 될 거야."

"아직 1년도 넘게 남았어. 어떻게 견딘다는 거니?"

"벌써 5개월을 참았잖아. 나머지 기간도 참아낼 수 있어."

"그러지 말고 우리 헤어지자. 내가 장호와 사귄다면 걔가 더 이상 너를 괴롭히지 않을 거야."

"그건 절대 안 돼. 그 돼지 같은 놈과 사귄다는 게 말이나 된다고 생각해?!"

"그럼 어떡해… 나는 어쩌라고……."

이혜진이 자신의 손을 들어 얼굴을 가렸다.

눈에서 흐르는 눈물을 막기 위함인지 아니면 자신의 아픈 마음을 숨기기 위함인지 알 수 없었다.

김장호가 문을 열고 들어선 것은 두 사람이 서로의 시선을 비낀 채 아무 말도 못 하고 있을 때였다.

"그림 좋고. 니들 무슨 영화 찍냐?"

현수는 선생님이 종례를 끝내자마자 가방을 싸서 교실을 나섰다.

김장호는 6교시가 끝나자마자 땡땡이를 쳤는지 사라졌기 때문에 최대한 빨리 빠져나갈 생각이었다.

하지만 놈은 점심시간에 있었던 일을 잊지 않은 채 그를 기다리고 있었다.

"어이, 서현수. 지금 우릴 피해 도망가겠다는 거냐?"

"그럴 리가 없잖아, 학원이 오늘 일찍 시작한다고 해서 서둘렀을 뿐이야."

변명이다.

놈의 말대로 도망가려 했던 게 맞다.

사람은 맞을수록 두려움이 커져서 이제는 놈의 얼굴만 봐도 서현수는 몸이 떨릴 지경이었다.

그랬기에 김장호가 똘마니들과 학원으로 가는 길을 가로막고 나타나자 얼굴이 자동적으로 하얗게 변했다.

그럼에도 분하다.

이 지랄 같은 상황이, 자신의 비겁함이.

김장호는 떨리면서 흘러나오는 서현수의 말을 듣자마자 소리부터 질러왔다.

"씨발놈아, 말이 되는 변명을 해!"

"…미안해."

"다시는 혜진이와 이야기하지 말라고 한 내 말을 또 썹었다 이거지. 머리가 나쁜 거냐, 배짱이 좋은 거냐?"

"그건……"

"이 씨발놈아, 주둥이 놀리면 죽는다!"

서현수가 변명을 하기 위해 입을 열려고 하자 대뜸 다가서 김장호가 손을 올려 얼굴을 갈겼다.

놈의 솥뚜껑만 한 손이 얼굴을 가격하자 서현수가 머리가 팩 하고 돌아갔다.

하지만 놈은 조금의 동정심도 보이지 않고 잔인한 미소를 띤 채 다시 주먹을 들어 현수의 옆구리를 두들겼다.

고통이다.

아픈 것이 아니라 고통이 느껴졌다.

육체보다 더 아픈 것은 마음이었다.

그랬기에 현수는 이를 악물고 놈이 때리는 대로 맞았다.

"돈은 가져왔어?"

"없어. 너한테 줄 돈은 더 이상 없다."

"이 새끼가 오늘 완전히 죽으려고 빽을 쓰는군."

"마음대로 해. 죽이든지 살리든지 네 마음대로 해봐!"

말도 안 되는 논리에 서현수가 발악하듯 소리를 질렀다.

기어코 가슴속에 쌓여 있던 분노가 두려움을 이겼다.

결과는 어차피 구타로 이어지겠지만 그럼에도 소리를 지르자 속이 후련해졌다.

그러나 결과는 그가 예상했던 대로 최악으로 흘렀다.

"이 새끼가 쥐약을 먹었나……. 넌 일단 몇 대 맞고 얘기해야겠다."

김장호가 불쑥 다가와 서현수의 복부에 주먹을 갈겼다.

'헉!'

배에 충격을 받은 서현수의 허리가 굽혀지면서 등에 짊어졌던 가방이 거꾸로 흘러내렸다.

놈은 그 가방을 낚아채서 서현수를 땅바닥에 팽개친 후 곧장 다리를 치켜 올려 등을 짓밟았다.

서현수는 반항조차 하지 못했다.

작은 키, 왜소한 몸매를 가진 그는 김장호의 상대가 될 수 없었다.

강태산은 서현수가 맞는 것을 보면서도 앞으로 나서지 않았다.

분노로 주먹이 움켜쥐어지며 새파란 힘줄이 솟아났으나 그는 이를 악물고 참았다.

거의 십여 분 동안 서현수를 두들겨 패던 놈들이 히히덕거리며 사라질 동안 그는 동생이 지친 걸음으로 힘겹게 걸어가는 것을 지켜만 봤다.

그런 후 천천히 신촌의 번화가를 향해 등을 돌렸다.

핸드폰에서 요란한 신호가 울린 것은 그가 20여 미터 정도 걸은 후였다.

전화의 주인공은 청룡의 대원 중 하나인 코드네임 코브라 유태호였다.

―대장님, 태홉니다.

"놈들은 어디에 있나?"

―신촌사거리에서 연세대 방향으로 100미터 정도 올라가다가 좌측 골목 쪽을 보면 스타당구장이라고 있습니다. 거기에 몰려 있습니다.

"알았다."

―그런데 대장님 무슨 일입니까?

"집안일이야. 넌 몰라도 돼."

―대장님 일이 제 일인데 몰라도 된다니요. 그놈들 잡을 생각이시면 제가 하겠습니다.

"괜찮아. 고생했고, 그만 됐으니까 넌 들어가서 푹 쉬고 있어."

―알겠습니다.

신촌사거리라면 걸어서 5분 정도밖에 되지 않는 곳이었다.

그랬기에 강태산은 서두르지 않고 천천히 걸어서 놈들이 있다는 스타당구장으로 향했다.

스타당구장은 5층짜리 작은 건물에 있었는데 3층을 차지한 채 영업을 하고 있었다.

어느새 그의 얼굴은 청룡의 대장인 본 면목으로 되돌아가 있었다.

문을 열고 들어서자 뿌연 담배 연기가 가득 차 있는 것이 보였다.

이렇게 담배 연기가 가득 차 있다는 것은 환기가 되지 않을 정도로 건물이 낡았다는 뜻이고 반대로 얘기하면 담배 피우는 놈들이 많다는 걸 의미하는 것이기도 했다.

딸랑딸랑.

문에 장식된 종이 그가 들어서자 시끄럽게 울려 퍼졌다.

훔쳐 갈 것도 없어 보이는 곳에 이런 장치를 해놓은 것이

가소로웠지만 강태산은 묵묵히 들어서서 당구대를 차지하고 있는 놈들을 주욱 살폈다.

당구대는 10개가 설치되어 있었으나 게임을 하고 있는 것은 3개밖에 되지 않았다.

한눈에 알아볼 수 있었다.

주먹으로 살아가는 놈들은 일반인들과 다른 행동과 다른 옷차림을 하고 있는 법이니까.

모두 합해 일곱.

놈들은 구석에서 식스볼을 치고 있었는데 시끄럽게 떠드는 말 중의 대부분이 욕설이었다.

복장은 지저분하기 짝이 없었고 생김생김도 하나같이 남을 협박하는 데 훌륭할 만큼 더럽게 생겼다.

"어서 오세요."

주인으로 보이는 사십 대 남자가 문을 열고 들어오는 강태산을 반기다가 의아한 표정을 지었다.

혼자였기 때문이었다.

당구장에 들어오는 건 기본이 두 명인데 강태산은 혼자 들어와 당구장을 살피기만 했다.

하지만 주인은 곧 의아함을 버리고 다시 입을 열었다.

종종 일행이 각자 오는 경우도 있었기 때문이다.

"먼저 오신 모양이네요. 공은 무엇으로 드릴까요?"

"공은 필요 없습니다."

"그게 무슨 말씀이신지……."

"나는 저놈들에게 볼일이 있어서 온 사람입니다."

"아… 예."

주인의 얼굴이 급격히 흐려졌다.

강태산이 손가락으로 가리킨 놈들은 신촌파의 하부 조직 깡패들로 악명이 높은 놈들이었다.

그렇지 않아도 신촌사거리를 무대로 활동하며 온갖 못된 짓을 해대는 놈들이었기 때문에 그는 강태산이 손가락으로 그들을 가리키자 일행인 줄 알고 말꼬리를 흐리며 고개를 푹 숙였다.

강태산의 입이 다시 열린 것은 구석에 있는 놈들을 가리키는 그의 행동에 주인이 상대하기 않겠다는 듯 딴짓을 할 때였다.

주인의 모습에서 그동안 얼마나 저놈들에게 괴롭힘을 당했는지 충분히 알 수 있었다.

그랬기에 강태산은 처음과는 달리 부드러운 음성으로 말을 이었다.

"오늘 저놈들을 다시는 이곳에 못 오도록 깨끗하게 치워 드리죠. 그러니 무슨 일이 벌어져도 경찰에 신고하지 마세요. 내 말 무슨 뜻인 줄 알겠습니까?"

"그게… 무슨?"

"곧 알게 될 테니 내 말대로 하세요."

말을 마친 강태산이 더 이상 할 말이 없다는 듯 등을 돌렸다.

그런 후 놈들을 향해 거침없이 다가갔다.

강태산의 입에서 묵직한 저음이 흘러나온 것은 금방 친 놈이 검은 공을 맞추지 못해서 열 받은 목소리로 쌍욕을 할 때였다.

"김만호가 누구냐?"

"뭐야, 넌?"

"네, 할애비다."

"이 씨발놈이. 너 죽고 싶어!"

"죽고 싶다. 죽고 싶지만 오늘은 내가 아니고 네가 죽어야겠다."

한눈에 김만호의 정체를 확인한 강태산의 얼굴에서 잔인한 미소가 피어올랐다.

놈은 방금 공을 친 후 욕설을 퍼부으며 중간에 배치되어 있는 의자에 앉아 담배를 꼬나물고 있었다.

얼굴 왼편에 길게 난 상처 자국.

그것이 칼에 의한 것인지는 워낙 오래된 것이라 정확하지 않지만 싸우다 다친 것은 분명해 보였다.

강태산의 말에 김만호의 얼굴이 흉측하게 변했다.

가뜩이나 당구가 안돼서 충분히 열 받아 있는 상태였는데 웬 미친놈이 들어와서 시비를 걸자 그는 대뜸 큐대를 치켜 올렸다.

하지만 놈은 끝까지 큐대를 치켜 올리지 못하고 그대로 뒤쪽으로 튕겨 나가 바닥에 패대기쳐졌다.

강태산이 어느새 다가가 놈의 가슴팍을 밀어 찼던 것이다.

김만호가 뒤로 나가떨어지자 상황을 지켜보던 놈들이 우르르 덤벼들었다.

어떤 놈들은 큐대를 휘둘렀고 어떤 놈들은 뒤쪽에서 당구공을 던졌다.

양아치 놈들.

집단으로 몰려다니며 없는 사람들을 괴롭히던 놈들의 행동에는 비겁함이 잔뜩 끼어 있었다.

강태산은 손에 사정을 두지 않고 놈들을 두들겨 팼다.

불과 5분.

놈들을 땅바닥에 패대기쳐진 개구리처럼 만드는 데 걸린 시간은 5분도 채 되지 않았다.

김장호는 한없이 존경하는 형이 부르자 한걸음에 달려왔다.

형은 신촌을 주름잡는 주먹으로 천하무적이라 믿고 있었기 때문에 그의 뜻을 거스른 적이 한 번도 없었다.

문제는 형이 자신을 부르면서 불사조의 똘마니들도 같이 오라고 했다는 것이었다.

급하게 비상소집이 걸려 형이 지정한 장소로 가면서 김장호는 수많은 생각을 했다.

자신만 오라는 것이 아니라 불사조를 모두 동원했다는 것은 일이 생겼다는 뜻이고 그의 힘이 필요하다는 것을 의미한다고 판단했다.

그랬기에 12명의 똘마니들과 함께 형이 지정한 장소로 정신없이 달려갔다.

김만호가 오라고 한 곳은 록카페 '비원'에서 멀지 않은 공터였다.

역시 신촌을 주름잡는 형답게 노는 곳이 다르다.

화려하게 비추던 네오사인이 희미해지는 곳에 사람들이 서 있는 것이 보였다.

그런데 뭔가 이상했다.

한쪽에 여러 명이 서 있었고 맞은편에는 오직 한 명밖에 보이지 않았다.

고개가 저절로 갸웃거렸으나 김장호는 곧장 사람들이 서 있는 곳으로 걸어갔다.

가까이 다가서자 그토록 존경하는 김만호가 자신이 다가오는 것을 바로 보며 서 있는 것이 보였다.

"형, 나 왔어."

김만호를 불렀으나 언제나 당당하게 자신을 바라보던 형은 눈을 질끈 감으며 고개를 돌렸다.

이상해서 나머지 사람들을 확인하자 위세 당당한 모습으로 형과 같이 다니던 천하의 주먹들이 전부 고개를 숙이고 있었다.

그를 놀라게 만든 건 그들 모두가 얼굴이 엉망진창이 되어 있다는 것이었다.

"…형!"

다시 한 번 불렀다.

오라고 했으니 용건이 있어야 한다.

만약 저기 앞에 있는 놈을 죽이라는 지시가 떨어지면 단박에라도 돌진하겠다는 생각과 함께.

하지만 김만호는 아무런 말이 없었고 대신 반대쪽에 서 있던 놈의 입이 불쑥 열렸다.

"네가 김장호냐?"

"그런데?"

형의 얼굴을 확인한 후 기분이 나빠진 김장호가 대뜸 이빨을 드러냈다.

김만호의 얼굴은 자신의 부하들보다 훨씬 부어올라 얼굴을 알아보기 어려울 지경이었다.

하지만 그 행동은 곧장 상상하지 못했던 결과로 나타났다.

맞은편에 있던 서 있던 사내가 김장호를 가소롭게 쳐다보더니 죄인처럼 서 있던 김만호에게 다가가 곧장 무르팍을 걷어찼던 것이다.

빠악!

단순하게 슬쩍 걷어찬 것 같은데 김만호의 정강이에서 대나무 쪼개지는 소리가 들려왔다.

그런 후 찢어지는 비명 소리가 흘러나왔다.

김만호는 다리를 제대로 지탱하지 못하고 바닥에 쓰러진 채 고통에 겨워하는 아기 사슴처럼 길고 뾰족한 비명을 열신 흘려내고 있었다.

강태산은 김만호의 다리를 부순 후 다시 김장호를 향해 얼굴을 돌렸다.

"네가 그렇게 싸움을 잘한다며?"

"이런 씨발, 뭐하는 짓이야!"

"아직 어린 놈이 성격은 화끈해서 좋군."

형이 바닥에 쓰러진 걸 확인한 김장호가 물불 안 가리고 강태산에게 뛰어들었다.

하지만 강태산은 슬쩍 몸을 틀어 김장호를 옆으로 제쳐서 바닥에 팽개친 후 곧장 김만호에게 다가가 목을 틀어쥐었다.

그런 후 그대로 땅을 짚고 있는 그의 손을 짓밟았다.

또다시 들려오는 비명 소리.

간장을 오그라들게 만들 정도로 애처로운 비명 소리였으나 강태산은 그의 비명 소리를 듣고도 눈 하나 깜짝하지 않았다.

"네가 동생 놈을 잘 가르쳤구나. 아주 좋아. 훌륭해."

"…죄송합니다. 잘못했습니다. 한 번만 살려주십시오."

"잘못은 무슨. 나쁜 짓을 하려면 저 정도는 돼야지. 안 그래?"

이번에 물은 것은 뒤쪽에 죄인처럼 나열한 채 서 있는 놈들에게 물은 것이다.

신촌이 좁다고 설레발을 치며 다니던 놈들은 강태산의 질문에 아무런 대답도 하지 못한 채 눈을 질끈 감았다.

어떤 대답을 하든 결론은 똑같다는 것을 이미 당구장에서 확인했기 때문이었다.

사내들이 대답을 안 하자 강태산의 얼굴에서 미소가 떠올랐다.

강태산의 몸이 양아치들 사이를 번개처럼 누볐다.

손과 발이 나갈 때마다 놈들의 입에서는 비명 소리가 터져 나왔는데 모두 한 군데씩 팔다리를 끌어안고 죽는 시늉을 하면서 퍽퍽 나가떨어졌다.

그러나 강태산은 그것으로 그치지 않고 또다시 김장호를 바라봤다.

"장호야, 학교생활 하면서 친구들 괴롭히는 거 재밌어?"

"나는… 나는……."

"재밌을 거야. 하지만 말이다, 사람은 그렇게 살면 안 돼. 결국 이렇게 되거든."

강태산은 어느새 적개심을 버린 채 두려운 눈으로 자신을 바라보는 김장호에게 시선을 거두고 다시 김만호를 향해 다가갔다.

김만호는 강태산이 다가오자 고통 속에서도 몸부림을 치며 피하려고 결사적으로 노력했지만 부질없는 짓이었다.

"잘 봐둬. 이게 네 장래 모습이 될 테니까."

말이 끝날 때마다 한 대씩.

김장호도 학교를 다니면서 수없이 많은 폭력을 행사했지만 강태산의 주먹은 그에 비할 바가 아니었다.

얼굴과 몸통에 강태산의 주먹이 작렬할 때마다 김만호는 어제 먹다 남은 음식 찌꺼기까지 쏟아내며 바닥을 기어 다녔다.

강태산의 움직임이 멈춘 것은 김만호가 더 이상 움직일 힘조차 없어 수레바퀴에 깔린 벌레처럼 바닥에서 꼼짝하지 못할 때였다.

"장호야!"

"…예."

"너, 이놈을 무척 존경한다고 했지?"

"그렇습니다……."

"어떠냐, 이래도 존경스러워?"

강태산은 김만호의 머리통을 다리로 밟으며 김장호의 대답을 기다렸다.

비참한 모습.

김만호는 강태산이 자신의 머리를 밟고 있어도 아무런 저항조차 하지 못하고 있었다.

그런 모습에 김장호의 입에서 가늘고 긴 신음이 흘러나왔다.

"으……."

강태산의 시선이 김장호를 향해 무섭게 번뜩였다.

그런 후 뒤쪽에 무서움으로 벌벌 떨고 있는 불사조를 향해 돌아갔다.

"내 말 똑똑히 들어라. 한 번만 더 친구들에게 주먹을 휘두르든가 괴롭히는 것이 내 귀에 들어온다면 이놈은 죽는다. 아니지, 이놈뿐만이 아니다. 너희들 모두에게 해당되는 이야기니까 잘 새겨들어. 내 말이 믿기지 않으면 어디 한번 해봐.

너희들로 인해 너희의 부모, 형, 누나들이 죽는 꼴을 보고 싶으면 이전처럼 꼴리는 대로 살아도 돼. 그러나 잘 판단해야 될 거다. 나는 사람 죽이기를 밥 먹듯 한 마귀고 인정이라고는 눈곱만큼도 없는 악귀거든. 알겠어?"

"…알겠습니다."

강태산의 말에 김장호와 불사조의 똘마니들이 벌벌 떠는 모습으로 간신히 대답을 했다.

그들은 우상으로 삼고 있던 깡패들이 눈앞에 선 사내에게 벌레처럼 깨져 버리자 두려움으로 인해 정신이 하얗게 빈 것 같았다.

강태산의 입이 다시 열린 것은 자신의 눈빛으로 인해 간신히 고개를 들었던 몇 놈이 움찔하며 고개를 다시 땅바닥으로 박았을 때였다.

"어린놈들은 어린놈들답게 살아야 한다. 내가 너희들을 손보지 않은 것은 아직 새파랗게 어리기 때문이지 너희들의 잘못이 없어서가 아니야. 푸른 청춘을 더럽게 쓰는 순간 언젠가 너희들은 저기에 쓰러져 있는 놈들처럼 벌레로 살아가게 될 것이다. 내 말 분명히 명심하도록."

제5장
IS의 협박

강태산은 오랜만에 식구들과 외식을 했다.

은정이와 둘만 영화를 본 것에 대하여 은영이가 강력하게 항의를 하면서 밥이라도 사라고 우겼기 때문이었다.

현수의 표정은 몰라보게 밝아져 있었다.

묻지 않아도 알 수 있다.

자신을 괴롭히던 족쇄가 일순간에 풀린 사람은 언제나 홀가분해지는 법이니까.

식구들과 함께 간 곳은 신촌에서 맛있다고 소문난 돼지갈비집이었다.

워낙 유명해서 식당은 사람들이 번호표를 받고 기다릴 정도로 장사가 잘되는 곳이었다.

은영이가 툴툴거리며 불만을 터뜨린 것은 앞에서 대기하는 숫자가 10명을 넘었기 때문이었다.

"이렇게 아리따운 아가씨들을 데리고 돼지갈비가 웬 말이야. 하여간 오빠 수준은 알아줘야 해."

"그럼 어딜 가야 하는데?"

"우아한 이탈리안 레스토랑. 이런 날은 서울 야경이 한눈에 바라보이는 곳에서 와인을 마시며 분위기를 잡아야 제격이지."

"거긴 네 남자친구하고나 가세요."

"걘 학생인데 무슨 돈이 있어!"

"그럼 나는 봉이냐. 나도 하숙비 내고 나면 개털이야."

"누가 하숙비 내래? 엄마가 그렇게 내지 말라고 이야기해도 듣지 않으면서 돈만 쓰라면 맨날 하숙비 타령이야."

"먹고살면서 공짜를 바라면 안 돼. 너희들도 돈 벌면 이모한테 생활비 드려야 해. 공짜 좋아하면 여자도 머리가 벗겨진대."

강태산이 웃으면서 말을 하자 뒤쪽에 서 있던 은정의 표정이 급격하게 변했다.

회사를 다닌 지 벌써 6개월이나 지났지만 엄마한테 생활비를 한 번도 내놓은 적이 없었기 때문이었다.

그랬기에 그녀는 당연한 듯 말하는 강태산을 향해 눈알을 부라렸다.

"오빠야, 난 아직 수습이라 월급이 적다. 그리고 부지런히 저축해서 시집 밑천 마련하는 게 엄마를 도와주는 거다. 생활비 드렸다고 나중에 손 벌리면 어떡할래?"

"집이 부자인 남자 만나면 되지."

"으이구, 하여간 생각하는 수준이 딱 고만큼이지."

"하하, 우리 부른다. 들어가자."

유명한 만큼 돼지갈비는 정말 맛있었다.

오랜만에 나온 자리였기 때문에 소주도 시켜서 나눠 먹으며 즐거운 시간을 보냈다.

권 여사가 원하지 않았던 주제를 불쑥 꺼낸 것은 소주 세 잔을 마신 후였다.

"태산아, 넌 왜 여자친구가 없니?"

"바쁘잖아요."

"벌써 서른인데 어쩌려고 그래. 빨리 여자친구 만나서 장가 가야지."

"벌어놓은 것도 없는걸요. 돈 벌고 나서 천천히 갈 생각이 에요."

"그러지 말고 선보자. 내 친구가 괜찮은 처자 있다고 하던데 네 생각이 나더라. 어떠니?"

"예쁘대요?"

강태산이 순진한 눈망울로 물었다.

그러자 옆에 있던 은정이가 한심하다는 얼굴을 한 채 끼어들었다.

"나보고는 부잣집 남자 만나라면서 오빠는 왜 예쁜 여잘 찾아?"

"여자는 일단 예쁘고 봐야 돼. 안 그러냐, 현수야?"

"당근이지."

현수가 꼴에 저도 사내라고 강태산의 말에 지체 없이 동조를 하자 은정이 숟가락을 치켜들었다.

"엄마, 오빠 여자 소개시켜 주지 마. 분명히 차일 거야."

"왜 차여?"

"사상이 불순하잖아. 사상이!"

"에이, 이왕이면 다홍치마지. 태산이도 남잔데 그럼 못생긴 여자 찾아야 정상이니? 그건 당연한 거야."

"우와, 우리 엄마 정말… 그래서 그 여자 예쁘대?"

갑자기 말이 바뀌었다.

은정은 강태산을 탓하는 소리를 하다가 권 여사가 소개시켜 준다는 여자의 외모에 대해서 물었는데 아마 본능적으로 나온 질문인 것 같았다.

그것은 그녀 역시 무척 궁금했다는 증거였다.

하긴 은영과 현수도 그녀가 묻자 눈을 초롱초롱하게 뜨고 권 여사의 답변을 기다렸다.

그러자 권 여사의 얼굴에서 보살 같은 미소가 흘러나왔다.

"그건 장담 못 하겠다. 괜히 예쁘다고 했다가 태산이가 싫다고 하면 내가 뭐가 되겠어."

"아니, 이모. 그런데도 소개시켜 주려고 했단 말이에요?"

"보다 보면 인연을 만날 수도 있지. 그런 말 있잖아. 아무것도 안 하는 사람은 아무것도 얻지 못한다. 어때, 나 똑똑하지?"

"아이고, 맙소사."

"그러니까, 일단 보자."

저녁 식사를 마치고 돌아오는 길도 즐거웠다.

강태산은 뽑은 지 얼마 안 되는 중형차를 가지고 있었기 때문에 다섯 명이 탔어도 그리 좁다는 생각은 들지 않았다.

은정은 월급이 적다면서 투덜거리던 강태산이 어느 날 중형차를 턱하니 뽑아서 몰고 오자 한심을 넘어 기가 막힌다는 표정을 지었다.

그런 정신 자세로 장가는 언제 갈 거냐는 게 그녀의 입에서 튀어나온 이야기였다.

그럼에도 강태산은 뻔뻔하게 대답을 했다.

"신발이 편해야 하루가 편해. 난 신발이 불편하면 아무것도 못 한다고!"

엉뚱한 말 같기도 했지만 한편으로 생각해 보면 그럴 듯도 했기 때문에 심하게 뭐라 하지 않았지만 은정은 차에 탈 때마다 그 이야기를 잊지 않았다.

집에 돌아온 식구들은 권 여사가 내온 과일을 먹으며 텔레비전을 켰다.

요즘 한창 인기 있는 드라마를 보기 위해서였다.

9시 반이 훌쩍 넘은 시간이었기 때문에 주요 뉴스는 거의 다 지나갔고 사회면의 단신들이 흘러나오고 있었다.

화면이 갑자기 바뀐 것은 강태산과 은영이 마지막 남은 사과를 서로 먹기 위해 다툼을 하고 있을 때였다.

텔레비전에서는 긴급 속보란 자막이 큼지막하게 장식하면서 서류를 손에 쥔 앵커의 급한 목소리가 흘러나왔다.

"속보를 전해 드리겠습니다. 금방 들어온 소식에 의하면 IS에서 우리나라 국민들을 억류하고 있다는 소식입니다. 먼저 IS 측에서 보내온 영상을 보시겠습니다."

앵커의 말이 끝나자 화면이 바뀌며 복면을 쓴 자들이 세 명의 동양인을 맨땅에 꿇어앉히고 뭐라 떠드는 장면이 비춰졌다.

척 봐도 동양인들은 한국인으로 보였고 총을 든 채 위협적으로 서 있는 자들은 아랍인들이었다.

비참한 모습.

세 명의 남자는 머리를 들고 카메라를 응시하고 있었는데 그 눈이 너무나 슬퍼 보였다.

식구들이 갑자기 전해진 소식에 말을 잃었을 때 앵커의 긴급한 목소리가 다시 흘러나왔다.

"IS는 한 명당 천만 달러의 몸값을 요구하고 있으며 일주일 이내에 몸값을 지불하지 않으면 공개 처형시키겠다는 협박을 하고 있는 상탭니다. 정부에서는 대책 마련을 위해……."

그 뒤로도 뉴스는 계속되었다.

정부의 대책에 대한 것들과 인질들이 누구인가에 대한 추측에 관한 것들이었으며 중동 전문가들의 견해들이 계속해서 흘러나왔다.

은영의 의문에 찬 질문은 협박에 응하지 않았을 경우 인질들의 생명을 보장하지 못한다는 중동 전문가의 말을 듣고 난 후였다.

"저런 나쁜 놈들. 도대체 왜 아무런 잘못도 없는 사람들을 괴롭혀? 오빠, IS가 테러 집단이야?"

"응. 테러도 하고 전쟁도 하지."

"테러 집단이 무슨 전쟁을 해?"

"저놈들 숫자가 상당하거든. 대포도 있고 탱크도 있어. 미사일도 있고."

"얼마나 되는데?"

"적게 잡아서 수십만 명 정도 된다."

"우와, 미치겠네."

"IS는 원래 다에시라고 불리는데 샤리아법에 의해 통치되는 사회를 건설하는 게 목적이야. 그래서 미국이나 영국 등 유럽 국가들도 쉽게 건들지 못해. 그들을 전면적으로 공격하면 이슬람인들이 벌 떼처럼 일어날 거거든."

"미국은 테러를 안 당했나 보지."

"당했어. 아마 선진국 대부분이 IS의 테러에 한 번 이상씩은 다 당했을 거야."

"그런데도 가만히 있단 말이야? 세계 경찰이라고 떠들던 미국이 가만있다니 정말 의외네?"

"전면 공격을 하기 위해서는 엄청난 비용이 들 테니까 어쩔 수 없다고 생각했겠지. 미국 같은 경우는 시리아 정부에

간접 지원을 했지만 그게 보복의 전부였다. 지네 나라 국민은 끔찍하게 여기는 미국이니까 그나마 공중폭격 지원을 해서 피해를 입혔지 다른 나라들은 아예 꿈쩍도 하지 않았어."

"그럼 저 사람들 어떡해!"

"정부가 현명한 결정을 내리겠지."

"설마 정말 죽이는 건 아니겠지?"

"글쎄다……."

"그런데 오빠 되게 유식하다. 어떻게 그런 걸 잘 알아?"

"여행사에 다니면 그런 건 기본이야."

"왜 그런데?"

"오래 살기 위해서는 위험한 데를 피해야 되거든."

은영의 계속되던 질문에 답변하던 강태산이 쓴웃음을 흘리며 손을 들었다.

예상했던 대로 그의 가슴속에 들어 있는 핸드폰에서 진동이 흘렀기 때문이었다.

슬쩍 꺼내어 문자를 확인하자 '청룡비상3'이란 단어가 적혀 있었다.

출동 대기.

언제 어느 때든 출동할 수 있도록 현 위치에서 대기하라는 비문이었다.

　　　　　*　　　　　*　　　　　*

　외교부 장관 유춘만이 주재한 긴급회의가 열린 것은 IS의
협박 동영상이 확보되고 얼마 지나지 않아서였다.

　텔레비전이 전 국민을 상대로 긴급 속보를 터뜨려서 최대
한 빨리 대처 방안을 마련할 필요성이 있었다.

　오후 10시 20분.

　인질에 대한 속보가 들어온 후 불과 1시간 만에 회의가 소
집되었으니 무척이나 발 빠른 행보였다.

　회의에는 국내 중동 분야 석학들과 정부의 주요 국장들이
망라되어 있었고 두 명의 네고시에이터(협상전문가)도 포함되
어 있었다.

　담당 국장이 회의에 대한 안건을 말하자 여러 사람들이 조
심스럽게 질문을 했다.

　대부분 현재 상황과 인질들의 상태, 그리고 정부의 현재까
지 대응에 관한 것이었다.

　본격적으로 인질 구출에 대한 의견이 치열하게 펼쳐진 것
은 의장을 맡은 외교부 장관이 손을 치켜드는 S대의 권영대
에게 발언권을 주면서부터였다.

　권영대는 국내에서 손꼽히는 중동 전문가였다.

　"IS는 성전을 치른다는 미명 아래 수많은 사람들을 죽음으

로 내몬 집단입니다. 대신 돈을 지불하면 종교 집단답게 확실히 약속을 지킵니다."

"그래서요?"

"개인당 천만 달러라고 했으니 삼천만 달러군요. 꽤 큰돈이지만 그 금액을 지불하면 인질로 잡힌 우리 국민을 살릴수 있다는 뜻입니다."

"권 교수님께서는 정부에서 돈을 지불하는 게 맞다고 생각하시는 겁니까?"

"그렇습니다. 국민을 살리는 일입니다. 돈을 아낄 이유가 없습니다."

단호한 표정.

권영대 교수는 외교부 장관의 질문에 얼굴을 굳힌 채 한치의 망설임도 없이 대답을 했다.

슬쩍 좌중을 돌아보자 학계 쪽의 인사들과 네고시에이터들이 고개를 끄덕여 그의 의견에 동조하는 게 보였다.

하지만 외교부의 실무국장들과 차관은 확연히 다른 표정을 나타내고 있었다.

특히 중동 담당 국장 이호승은 즉각 권영대 교수의 말에 반대 의견을 피력했다.

"그것은 안 됩니다."

"무슨 말이요?"

"대한민국 정부와 국가의 위상을 감안한다면 절대 테러 집단에게 돈을 지불할 수 없습니다."

"국가의 위상이 그리 대단하단 말이오?"

"지금까지 어떤 국가도 테러 집단에게 돈을 지불한 예가 없습니다. 그것은 국가의 자존심이 무너지는 일이기 때문입니다."

"지금 이 국장은 국가의 자존심 때문에 국민을 죽여야 한다는 말을 하고 싶은 거요?"

그의 말을 들은 권영대 교수가 얼굴을 일그러뜨리며 소리를 높였다.

자신의 의견에 반대했기 때문이 아니라 사람의 목숨을 하찮게 여기는 그의 생각이 너무나 어이없었기 때문이었다.

하지만 이호승은 여전히 칼날 위를 걷는 목소리로 자신의 주장을 이어나갔다.

"내가 죽이는 것이 아니라 그들이 죽이는 겁니다. IS란 더러운 놈들 말입니다. 나는 오직 대한민국이 테러 집단에게 굴복해서는 절대 안 된다는 것을 말하고 있는 겁니다."

"이보세요, 당신 가족이라도 그런 소리를 할 수 있겠소. 담당 국장이 되어서 어찌 그런 소리를 한단 말이오!"

"나는 국가와 국민의 세금으로 월급을 받아먹고 있는 사람이요. 국민의 생명……. 중요하지요. 하지만, 더 중요한 것은 우리나라가 테러 집단에게 업신여겨지는 것을 막는 것이오."

"이보세요!"

"소수의 희생으로 국가의 안위와 자존심을 지킬 수 있다면 그리해야 됩니다. 만약 우리가 그들에게 굴복한다면 전 세계 수많은 테러 집단들이 우리나라 국민들을 노릴 거란 말입니다. 권 교수님은 그렇게 돼도 괜찮다는 말입니까!"

호통치는 권 교수를 향해 이호승도 마주 소리를 높였다.

그는 자신의 신념을 절대 꺾을 생각이 없는 것처럼 보였다.

그때부터 양측이 서로 치고받는 주장을 펼쳤다.

어떡해서라도 반드시 살려야 한다는 주장을 펼치는 것은 일부 학계의 전문가들과 네고시에이터들이었고 반대쪽에 선 것은 정부 인사들이었다.

첨예한 대립.

양쪽 모두의 의견은 저마다의 명분이 있었고 각자의 신념이 담겨 있는 것이었다.

거의 2시간에 걸친 치열한 회의는 결국 정부 요인들의 주장으로 결론지어졌다.

인질을 구출하기 위해 돈을 지불했을 경우 다른 테러 집단도 대한민국을 우습게 알고 수많은 국민들을 납치 감금할 수 있다는 우려가 그런 결론을 이끌어내었다.

권영대 교수는 끝까지 안 된다며 자신의 주장을 굽히지 않았으나 10명으로 구성된 위원 중 7명이 정부 측에서 내민 안에 대해 손을 들어주어 결국 비용을 지불하지 않는다는 결론을 내렸다.

그러면서도 꾸준히 IS 측과 협상해서 세 명의 국민을 무사히 돌아오게 한다는 원칙을 세웠다.

하지만 유춘만은 안다.

결국 IS와의 협상은 원만하게 진행되지 않을 것이고 인질들은 처형될 것이 뻔했다.

유춘만은 회의를 마치고 집무실로 돌아와 양복을 벗어 던지며 따라 들어온 제1차관을 바라봤다.

제1차관은 회의에 참석하지 않고 상황을 통제하고 있었는데 유춘만이 집무실로 돌아오자 급히 따라 들어왔다.

그에게 유춘만이 제일 먼저 물은 것은 그동안 알아내지 못했던 인질들의 정체에 관한 것이었다.

"도대체 그 사람들은 거기에 어떻게 간 겁니까?"

"두 명은 선교 활동을 하러 들어간 사람이고 하나는 중동쪽에 물건을 팔러 다니는 뜨내기 무역상이었습니다."

"정부에서 위험하다는 경고를 하지 않았습니까?"

"저희 쪽에서는 위험하다고 몇 번이나 들어가지 말라는 경고를 했지만 은밀하게 제3국을 통해서 들어가는 바람에 막을 수가 없었답니다."

제1차관이 급히 변명을 했다.

외교부 쪽은 아무런 잘못이 없다는 것이었다.

국민의 안전을 의논하는 자리에서 잘잘못을 따지고 있으니 한심한 노릇이었으나 유춘만의 찡그려졌던 얼굴이 퍼지는 걸 보면서 제1차관은 슬그머니 한숨을 내쉬었다.

하지만 한숨을 쉰 건 유춘만도 마찬가지였다.

"접촉선은 어떻습니까?"

"현재 레바논 대사관 쪽에서 담당자가 급파되어 연락을 유지하고 있는 상탭니다. 하지만 놈들은 돈을 내놓으라는 주장만 거듭 펼치고 있는 실정입니다."

"개 같은 놈들."

"회의 결과는 어떻게 되었습니까?"

"돈을 주지 않는 것으로 결정되었습니다."

"역시 그렇게 결론지어졌군요."

"그래도 그쪽 대사관에 연락해서 계속 접촉하라고 하세요. 되지도 않겠지만 국민들한테는 노력하고 있다는 흔적을 남겨야 되니까 언론 쪽에도 그렇게 홍보하시고."

"알겠습니다."

"여론이 나빠지는 건 막아야 합니다. 최대한 시간을 끌면서 여론이 잠잠해질 때까지 버티세요."

"그렇게 하겠습니다."

"대통령한테는 내가 그렇게 보고할 테니까 차관께서는 내부 단속 확실히 하고 향후 조치 계획을 수립해서 보고해 주시기 바랍니다."

＊　　　　＊　　　　＊

처음에는 뜨겁게 달아올랐던 국민들의 여론은 정부의 지속적인 언론플레이에 의해 둘로 나누어졌다.

한쪽은 어떡하든 살려야 한다는 쪽이었고 다른 한쪽은 테러 집단에게 절대 굴복해서는 안 된다는 쪽이었다.

하지만 시간이 지나면서 힘을 얻어간 것은 후자 쪽이었다.

인질들이 정부의 지속적인 위험 경고에도 불구하고 독단으로 시리아에 들어갔다는 사실을 모든 언론들이 떠드는 바람에 국민들의 정서가 급격히 나빠졌던 것이다.

하지만 그것은 IS 쪽도 마찬가지였다.

"돈을 못 주겠단 말이지?"

"예, 어제 최종 답변이 왔습니다."

시리아를 맡고 있는 알 샤미르가 묻자 그가 지휘하는 12명의 아미르 중 한 명인 핫산이 입술을 끌어 올리며 대답을 해왔다.

핫산은 10만 명에 달하는 시리아 내 IS 부대를 통솔하는 알 샤미르의 오른팔로 잔인하기 이를 데 없는 자로 알려져 있었다.

퉁명스러운 대답을 들었어도 알 샤미르의 얼굴에는 웃음기가 지워지지 않았다.

그는 언제나 웃는 얼굴이다.

"의외로군, 한국에서는 쉽게 돈을 내놓을 거라 생각했는데… 실망스러운 짓을 하고 있군그래."

"다른 나라의 눈치를 많이 보는 놈들입니다. 아마, 미국을 비롯해서 다른 나라를 따라 하는 것 같습니다."

"자존심이 없는 놈들인가?"

"제가 잠시 살펴봤더니 역사적으로 오래전부터 다른 나라의 침략을 수도 없이 받은 놈들이었습니다. 그러다 보니 눈치만 늘은 것 같습니다."

"명분은 뭐라 하던가?"

"국가의 자존심을 버릴 수 없다는 것이지요. 우리 같은 테러 집단에게는 절대 굴복할 수 없다고 했습니다."

"미친놈들이군그래."

"아마, 미국과 유럽 놈들이 그동안 우리에게 비밀리에 돈을 주고 인질을 구출해 간 것을 모르는 모양입니다."

"가르쳐 주지 그랬어?"

"그럴 수는 없습니다. 약속은 약속이니까요. 그런 건 가르쳐 주는 게 아니라 그놈들 스스로 터득해야 되는 겁니다."

"하긴 신의를 생명처럼 여기는 우리가 약속한 비밀을 노출시킨다는 건 말이 안 되는 일이지."

"어쩔까요?"

"마지막으로 한 번만 더 기회를 줘봐. 그래도 못 주겠다고 하면 참수시켜!"

"그 정도로 그치면 그놈들이 우릴 우습게 알 겁니다."

"크크크… 핫산, 너는 역시 내 마음을 잘 읽는구나."

"한국은 우리가 어떤 짓을 해도 꼼짝도 못 할 놈들입니다. 그러니 이번 기회에 우리 말을 안 들으면 어떤 일이 벌어지는지 똑똑히 보여주겠습니다."

*   *   *

모든 언론과 국민들은 IS가 협상 기간이 지난 일주일 후 보내온 한 편의 비디오에 의해 침묵 속으로 빠져들 수밖에 없었다.

그 비디오에는 참혹한 표정으로 무릎 꿇려진 인질들의 모습이 담겨 있었는데 처음의 모습보다 훨씬 해쓱해져 있었고 수많은 구타로 인해 전신에 멍 자국이 가득 차 있었다.

국민들을 울분 속으로 몰아넣은 것은 그런 모습으로 간절하게 외친 인질의 애원이었다.

무역상으로 알려진 김병태는 화면에 대고 울음에 잠긴 목소리로 대한민국의 국민들과 대통령에게 살려달라는 말을 반복했다.

"대통령님, 저희들을 살려주십시오. 이 사람들이 원하는 돈을 주세요. 제발 부탁드립니다. 대한민국 국민 여러분, 저희들도 당신들과 같은 피가 흐르는 사람들입니다. 저희들을 버리지 말아주세요. 살려주십시오."

분명 IS의 강요로 인해서 만들어진 영상이었을 것이다.

그럼에도 사슴 같은 눈으로 흘러내리는 눈물은 국민들의 동정을 이끌어내기에 충분한 것이었다.

언론은 또다시 뜨거운 감자를 만진 듯 요동쳤고 살려야 한다는 국민들의 주장이 빗발치듯 쏟아져 나왔다.

그런 주장들에 대하여 정부는 처음의 원칙을 깨뜨리지 않은 채 꿋꿋이 버텼다.

테러범들의 협박에 국가가 굴복하는 것은 있을 수 없다는 강경파들의 주장이 먹혀들었기 때문이었다.

정부에서는 비판적인 언론 통제를 강화했고 정부의 입장을 대변하는 논설과 기사를 내보내는 데 정신이 없었다.

어떡하든 국민 여론을 가라앉혀 이 사태를 무사히 넘어가고 싶어 했기 때문이었다.

그러나 정부의 적극적인 홍보로 인해 조금씩 가라앉던 여론은 인터넷을 통해 인질들의 참수 동영상이 유포되면서 극도로 나빠지기 시작했다.

국민의 생명을 지키지 못하는 정부.

비록 그들이 자신들의 목적을 위해 위험한 곳에 들어갔다 해도 살릴 수 있었다는 것을 감안했을 때 국민들이 느끼는 분노는 말로 표현하기 힘든 것이었다.

더군다나 IS 측에서는 인질들을 참수하면서 자신들의 조건을 들어주지 않은 대한민국에 더 커다란 테러를 가하겠다고 공공연하게 선언했기 때문에 정부를 성토하며 병력을 파견해서라도 IS에 철저한 보복을 해야 된다는 여론이 불길처럼 일어났다.

제6장
결연한 선택

박무현 대통령.

작은 거인.

170㎝도 안 되는 키에 몸무게가 60㎏을 겨우 넘을 정도로 말랐지만 눈빛만은 형형하게 살아 빛나는 철혈의 정치인.

인권 변호사를 시작으로 정치에 뛰어들어 천안을 지역구로 국회의원 3선을 했고 1년 전 여당인 한국당의 대선 후보를 차지한 후 대통령직에 오른 사람이었다.

그의 신념은 오직 하나, '나를 버리고 국민을 위해 일한다'는 것이었다.

그런 신념을 기반에 두었으니 당연히 계파에 속하지 않았고 당의 당리당략 정치 행위에 대해서는 서슬 퍼런 비판을 주저하지 않았다.

그에 따른 파장은 대단했다.

당에서는 그의 행동에 대해서 수시로 경고와 제재를 가했을 뿐만 아니라 심지어는 여러 번 당에서 나가라는 통보까지 했다.

하지만 그는 끝내 한국당을 떠나지 않았고 자리를 지키며 자신의 소신을 굽히지 않은 채 정치 활동을 계속해 왔다.

그러자 초선 위원들을 중심으로 그를 추종하는 국회의원들이 생기더니 어느 순간이 되자 정치에 환멸을 느끼던 국민들에게 폭발적인 인기를 얻기 시작했다.

그가 정치적인 기반이 약하면서도 당당하게 한국당의 대선 후보가 된 것은 바로 국민의 인기가 다른 후보들에 비해 월등하게 높았기 때문이었다.

그렇다 해서 아무런 장애 없이 순탄하게 대통령이 된 것은 아니었다.

거대 계파를 이끄는 정치 거물들은 그에게 후보 자리를 양보해 준다는 미명 아래 대통령이 되었을 경우 내각에 자신들의 계파 사람을 앉혀달라는 제안을 해왔다.

쉽게 말해서 대통령을 만들어줄 테니 자신들의 꼭두각시

가 되라는 제안이었다.

박무현 대통령은 그런 자들의 제안을 일거에 거부했다.

한국당에는 3명의 정치 거물들이 계파를 분할한 채 대권을 넘보고 있었는데 그들 모두가 그런 제안을 해왔다가 전부 병신이 되어 돌아가야 했다.

정치적인 협상을 거부한 박무현 대통령은 어려운 싸움을 할 수밖에 없었다.

야합을 거듭한 자들이 후보 단일화에 성공하며 그를 압박해 왔기 때문이었다.

갖은 협잡과 모략이 난무했고 그에 대한 나쁜 소문을 만들어서 흠집을 내었다.

시간이 지날수록 그 수위는 높아졌고 나중에는 그가 모 기업의 재벌에게 불법 정치자금을 받아 썼기 때문에 곧 수사가 시작될 거라는 루머까지 만들어냈다.

하지만 박무현 대통령은 철인이었다.

갖은 협잡과 모략에도 그는 언제나 당당했고 자신의 길을 끝까지 걸어갔다.

그런 그를 당원과 국민들은 믿었고 그는 한국당의 대선 후보를 차지한 후 대통령의 자리에까지 올랐다.

그의 인기는 건국 이래 최고였다.

대부분의 대통령들은 집권 초 반짝 인기를 누리다가 시간이 지나면서 점점 지지율이 떨어졌으나 그는 반대로 지지율이 점점 올라가 현재 거의 75%에 달했다.

　박무현 대통령은 집무실에 앉아 안보수석과 외교부 장관의 보고를 받은 후 깊은 한숨을 내리쉬었다.

　대한민국을 이끌고 있는 수장으로서 쉽지 않은 결단을 내려야 했다.

　살리고 싶었다. 하지만 결국 그렇게 하지 못했다.

　자신을 향해 울부짖는 사내는 국가가 보호하고 살려내야 하는 대한민국의 국민이었고 대통령인 자신은 그런 의무를 진 사람이었으나 간절한 참모들의 직언을 어쩔 수 없이 받아들여야 했다.

　참모들의 주장이 틀렸다면 모를까 대한민국이란 국가가 테러 집단에게 굴복하는 모습을 전 세계에 보여준다는 것과 또 다른 인질들을 양산할 수 있다는 우려는 그로 하여금 냉철한 판단을 내리게 만들었다.

　그럼에도 한숨도 잠을 이루지 못했다.

　분하다, 그리고 억울했다.

　중동의 이름조차 생소한 종교 집단이 대한민국의 국민을 처참하게 처형하는 장면은 그의 가슴에 새까만 분노를 만들어냈다.

그랬기에 그는 국정원장과 국방부 장관, 그리고 외교부 장관을 청와대로 호출했다.

대통령의 집무실로 들어선 장관들은 박무현 대통령의 얼굴에서 결연한 의지를 봤기 때문에 잔뜩 긴장한 표정을 지을 수밖에 없었다.

철혈의 심장을 가진 대통령은 한번 마음을 먹으면 끝장을 보는 것으로 유명한 사람이었다.

역대 어느 정권에서도 하지 못했던 정경유착의 고리를 완전히 끊어버린 것도 바로 그였다.

수없이 많은 정치인들, 그리고 경제인들이 언론과 경제 침체를 이유로 반대를 해왔으나 결코 그의 신념을 꺾지 못했다.

박무현 대통령은 장관들을 소파에 앉게 한 후 지체 없이 본론을 꺼내 들었다.

"아침 일찍 들어오라 해서 미안하오. 하지만 중요한 결정을 내려야 할 것 같아서 서둘렀으니 이해해 주시오."

"아닙니다, 대통령님. 말씀하시지요."

"나는 우리 국민을 죽인 IS를 응징할 생각이오."

"그건 불가합니다."

말이 끝나자마자 예상이라도 했듯 국정원장이 반대를 하고 나왔다.

그는 박무현 대통령의 최측근으로 바른말을 잘하기로 유명한 사람이었다.

하지만 그의 말을 들은 박무현 대통령의 시선은 전혀 흔들리지 않았다.

"왜 그렇소?"

"지금으로서는 그 자들을 응징할 방법이 마땅치 않기 때문입니다."

"특수부대를 보내서 우리가 당한 것의 몇 배를 돌려주면 되지 않겠소?"

"가면 모두 죽습니다. 중동은 늪과 같은 곳입니다."

"무슨 소리요?"

"첫째, 시리아까지 우리가 병력을 보낼 수 있는 방법은 한정되어 있습니다. 기껏 보내봐야 일개 사단 정도인데 그 정도로는 IS를 상대할 수 없습니다. 처음에는 유리한 전투를 할 수 있을지 모르나 결국은 이슬람이라는 거대한 늪에 빠져 헤어 나올 수 없게 될 것입니다. 그리되면 지원군을 보내야 되는데 우리가 전면전을 벌였을 때 이슬람 국가들이 연합할 가능성이 아주 농후합니다. 이기지도 못하는 전쟁을 벌이게 된다는 뜻입니다."

"음……."

"미국과 서구의 열강들은 우리보다 훨씬 커다란 테러를 당했습니다. 도시에서 자살 폭탄을 터뜨려 수십 명씩 죽어나간 것도 여러 번 있었습니다. 그러면서도 보복을 하지 못했던 것은 그런 이유가 있었기 때문입니다."

"그래도 해야 한다면? 원장은 죽으면서 흘렸던 그의 눈물을 보지 못했단 말이오? 나는 어떤 희생을 치르더라도 대한민국 국민을 죽인 그들을 응징하고 싶소!"

"봤습니다. 저 역시 분하고 억울하나 국가를 감정만으로 이끌어 나갈 수는 없는 것 아닙니까. 만약 병력을 파견한다면 이 땅의 수없이 많은 젊은이가 목숨을 잃게 될 텐데 그 많은 눈물은 어쩌시려고 그러십니까?"

"그럼 이대로 침묵해야 된단 말이오!"

"문제는 그것만이 아닙니다. 한창 호황을 맞이하고 있는 우리나라 경제가 급격히 추락할 위험이 있습니다. 그자들은 전쟁이 시작되면 어떤 경로를 통해서라도 국내에 갖은 테러를 감행하게 될 것입니다."

"그거야 막으면 되는 일이오."

"그게 쉽지 않습니다. 이슬람 인구는 전 세계 인구의 5분의 1을 차지하고 있습니다. 숫자로 따진다면 16억에 달하고 우리나라에도 30만 명에 육박합니다. 그들을 어떻게 막을 수 있겠습니까. 디근다나 현재의 징치 상황도 고려해야 합니다. 야권은 물론이고 미국과 일본의 지원을 받는 여당 내의 주류

들까지 대통령님을 호시탐탐 노리고 있습니다. 만약 잘못되기라도 한다면 그들은 탄핵까지 결행할지도 모릅니다."

"그런 것은 두렵지 않소. 개인의 사리사욕에 눈이 먼 자들을 난 한 번도 두려워한 적이 없소!"

"대통령님!"

"국방부 장관은 어떻게 생각하시오?"

국정원장이 소리를 높였으나 박무현 대통령은 그에게서 시선을 돌려 국방부 장관을 바라보았다.

그러자 한민호 장관이 결연한 표정으로 대답을 했다.

"저는 명령만 내리신다면 언제나 출병할 각오가 되어 있습니다. 대한민국 국군은 조국과 민족을 위해 존재하는 것이니 죽음이 앞에 있다 해도 절대 피하지 않을 것입니다."

"승산은?"

"승산은 국정원장의 말씀대로입니다. 5프로 미만이며 전멸이 예상됩니다."

"그 정도로 IS의 힘이 강하단 말이오?"

"근본적으로 공중 지원이 어렵기 때문입니다. 더군다나 해상 전력도 아무런 도움이 되지 않기 때문에 보병으로만 싸워야 합니다. 전차를 비롯해서 야포 등도 운반이 어려운 실정이라 우리는 손발을 묶고 싸워야 하는 실정입니다."

"미국에서 공중 지원을 받는다면 어떻소?"

"그자들은 분명히 응해줄 겁니다. 미국도 IS에 대한 감정이 좋지 못하니까요. 하지만 그것뿐입니다. 그들이 움직이는 모든 비용은 우리가 부담해야 될 테니 미국의 지원을 받을 경우 경제적 손실이 너무 큽니다."

"우리가 왜 미국에게 비용을 지불해야 된단 말입니까?"

"목마른 사람이 우물을 판다는 말이 있습니다. 미국은 이런 호기에서 공짜로 그 많은 비용을 지원할 자들이 아닙니다."

"으……."

국방부 장관의 설명을 들은 박무현 대통령의 얼굴이 일그러질 대로 일그러졌다.

막상 간밤에 결심을 굳히고 주요 내각의 수장들을 불렀으나 산재된 문제들은 첩첩산중으로 그의 결심을 가로막고 있었다.

그러나 그는 금방 신음을 멈추고 외교부 장관을 향해 시선을 돌렸다.

"외교부의 생각은 어떠시오?"

"미국을 비롯해서 서구 유럽과 일본, 심지어 중국까지 우리가 IS를 공격한다면 쌍수를 들고 환영할 것입니다."

"우리를 지지할 거란 뜻입니까?"

"그렇습니다. 하지만 지지와 지원은 근본적으로 다른 이야깁니다. 언론플레이로 대한민국의 단호한 결정을 찬양하겠지만 그뿐입니다. 그들은 아마 우리의 싸움을 팔짱을 끼고 강건너 불구경하는 것처럼 재미있게 관전할 겁니다."

＊　　　＊　　　＊

'청룡비상3'이 떨어진 지 이십 일이 지났지만 본부에서는 아무런 연락이 없었다.

처음에는 IS의 만행에 대한 기사가 봇물처럼 쏟아졌으나 시간이 흐르자 언제 그랬냐는 듯 언론은 그 사건에 대해서 일제히 함구해 버렸다.

그랬기에 평온한 일상으로 돌아간 대한민국처럼 강태산도 자신에게 주어진 휴가를 즐겼다.

강민경에게 전화를 건 것은 오늘 오전의 일이었다.

무료하던 참에 핸드폰을 검색하다가 그녀의 전화번호를 발견했던 것이다.

전화를 걸자 그녀는 반색을 하면서 만나자는 그의 제안에 응해왔다.

간단한 저녁을 마치고 강남에 있는 바에서 술을 마셨다.

로드 FC의 라운드걸 강민경은 바비 인형처럼 눈이 큰 여자였고 몸매가 모델처럼 아름다웠다.

하지만 성형미인이다.

워낙 여러 군데 손을 봤기 때문에 수술을 안 받은 곳이 더 적을 지경이었다.

강태산은 맞은편에 앉아 양주잔을 빙글빙글 돌리다가 입으로 가져가는 그녀를 향해 입을 열었다.

술잔이 닿은 그녀의 입술은 마치 불타는 듯이 그를 유혹하고 있었다.

"민경 씨, 나한테 전화번호를 준 이유가 뭐야?"

"알면서 왜 물어요?"

"모르니까 묻지."

"그거야 마음에 들어서 아니겠어요."

"어디가?"

"모두."

"처음 본 남자한테 너무 과감하군."

"마음에 드는데 망설일 이유가 없죠."

"하긴 그렇지. 그나저나 이제 대충 술도 마셨으니 가자."

"어딜요?"

"어디긴, 마음에 드는 사람들끼리 갈 데는 뻔한 거 아니겠어?"

"싸우는 것처럼 성격도 화끈하네요."

"일어나. 오늘 죽여줄게."

강태산은 그녀를 데리고 곧장 호텔로 직행했다.

눈을 보면 알 수 있다.

그녀는 오늘 그와의 섹스를 원하고 있었으니 괜히 망설이면서 시간을 허비할 이유가 없었다.

호텔에 들어오자마자 전위를 생략하고 곧장 그녀의 몸속으로 들어갔다.

오랜만의 섹스.

건강한 남자는 이렇게 아름다운 여자를 볼 때마다 뜨거운 본능이 솟구쳐 오른다.

그녀는 강태산이 움직일 때마다 높고 긴 비음을 길게 흘려내며 몸을 버둥거렸다.

무림에 있을 때 그는 수많은 섹스를 한 경험이 있었다.

여자의 위크 포인트를 알아내는 건 일도 아니었고 어디를 어떻게 자극해야 숨이 넘어가는지 도가 튼 사람이었다.

그랬기에 그는 두 번의 섹스를 할 동안 그녀를 세 번이나 기절하게 만들었다.

호텔에 들어온 지 두 시간이 지났을 때 강민경은 지쳐 쓰러져 시체처럼 널브러졌다.

강태산은 천천히 침대에서 일어나 욕실로 가서 샤워를 했다.

그녀의 체액, 그녀의 입술에서 흘러나왔던 분비물들을 깨끗하게 씻어냈다.

사랑해서 하는 섹스가 아니다.

자신의 한순간 욕망을 풀어내기 위해 하는 섹스는 언제나 끝나면 허탈했고 허전했다.

몸을 닦고 천천히 침대로 걸어왔지만 강민경은 세상모른 채 꿈속을 헤매고 있었다.

담배를 꺼내 물고 핸드폰을 들었다.

워낙 치열한 전투를 치렀기 때문에 두 시간 동안 전화기를 확인하지 못했기 때문이었다.

읽지 않은 한 통의 메시지.

메시지를 확인한 강태산의 얼굴이 슬며시 굳어졌다.

"청룡비상2."

'출동 대기'에서 한 단계 격상된 '출동 준비'의 비문이 핸드폰의 액정 안에서 번쩍거리고 있었기 때문이었다.

*   *   *

김민영은 부서 회식을 마치고 집으로 돌아가고 있었다.

결혼한 지 7년.

아이들은 아직 어리기 때문에 회식이 있는 날이면 이제 나이가 들어 힘들다고 우거지상을 쓰는 엄마에게 맡길 수밖에 없었다.

그럼에도 어쩔 수 없다.

시부모님은 시골에 계셨기 때문에 그녀에게는 엄마만이 유일한 대안이었다.

중소 회사에 다니는 남편은 자상했고 열심히 일했으나 박봉이었기 때문에 회사를 그만두지 못했다.

생활은 넉넉하지 않았지만 그럼에도 행복했다.

사랑하는 남편과 아이들.

그들 역시 자신을 더없이 사랑했으니 이렇게 집으로 돌아가는 시간이 되면 저절로 가슴이 뛰었다.

성북으로 가는 지하철 1호선은 언제나 사람들로 가득 들어찬다.

더군다나 그녀의 직장은 종각에 있었기 때문에 어떨 때면 한동안 사람들 틈에 끼어 몸을 움직이지 못하는 경우가 많았다.

예전에는 책을 보는 사람들이 더러 보이기도 했으나 이젠 그런 광경은 찾아보기 힘들었다.

한결같이 핸드폰에 고개를 박고 있는 사람들의 모습은 이젠 너무 익숙해져서 당연스럽게 여겨졌다.

핸드폰을 꺼낼까 잠깐 고민하다가 그만두었다.

세 역만 지나면 내리기 때문에 그녀는 사람들을 구경하다가 창문을 통해 보이는 자신의 모습에 시선을 고정시켰다.

그토록 싱싱하고 예뻤던 모습은 어디론가 사라졌고 생활에 지친 아줌마의 얼굴이 자신을 바라보며 힘겹게 서 있었다.

곧 종로3가에 도착한다는 전철 차장의 목소리 부드럽게 흘러나왔다.

그러자 사람들이 술렁거리며 문 쪽으로 다가서는 것이 보였다.

콰앙!

그녀의 눈에 천둥소리와 같은 굉음이 터지며 사람들이 날아가는 게 보인 것은 전철이 천천히 속도를 늦추며 역으로 들어설 때였다.

하얗게 변해 버린 주변의 모습, 그리고 그 속에서 자신을 바라보는 남편의 자상한 웃음과 아이들의 해맑은 미소가 마치 파노라마처럼 스쳐 지나갔다.

＊　　　　　＊　　　　　＊

119 구급대원인 유창식은 역으로 미친 듯 뛰어들었다.

주변에는 동료들이 갖가지 구호 물품을 든 채 달려가는 것이 보였고 젊은 청년들이 그들의 뒤를 따라가며 알아듣기 힘든 소리를 질러댔다.

먼저 온 경찰들은 사람들을 통제하느라 정신이 없었고 여기저기 피를 흘린 채 누워 있는 사람들로 역은 전쟁터를 보는 것 같았다.

하지만 그것은 막상 사람들이 전철을 타기 위해 기다리는 플랫폼으로 들어서자 아무것도 아니었다.

너무 기가 막혀 움직일 수조차 없었다.

반으로 동강 난 전철의 모습은 포탄에 맞은 것처럼 엉망진창으로 변해 있었다.

후각을 마비시킬 것만 같은 화약 냄새. 그리고 그 속에 섞여 있는 피 냄새는 유창식의 이성을 마비시킬 정도로 충분히 지독했다.

수도 없이 많은 사람들의 시신이 걸레처럼 널려 있었고 동강난 채 뒤집혀진 전철에서는 미처 빠져나오지 못한 사람들이 창문을 두들기며 살려달라고 아우성을 쳐대는 것이 보였다.

"정신 차려, 이 새끼야!"

넋을 잃고 바라보는 그를 향해 팔이 잘린 사람을 부축한 채 옮기고 있던 지구대장 황요성이 소리를 질렀다.

그의 온몸은 이미 피로 도배되어 있었는데 그런 상태에서도 그는 대원들과 일반 시민들을 독려하며 부상자들을 후송시키느라 애를 쓰고 있었다.

그의 목소리에 겨우 정신을 차렸다.

플랫폼에는 금방 죽어도 이상하지 않을 정도로 중상을 입은 사람들이 부지기수로 보였다.

*　　　　　*　　　　　*

박무현 대통령은 분노로 인해 새파랗게 질린 눈으로 국정원장을 노려보았다.

그의 뒤쪽에 놓인 텔레비전에서는 피를 토하는 것과 같은 앵커의 목소리가 계속해서 흘러나오고 있었다.

지하철 테러로 희생된 숫자는 무려 75명이었고 중상자가 많아서 그 숫자는 계속 늘어날 것이란 이야기였다.

화면에 잡힌 지하철역에는 수많은 사람들이 움직이고 있었는데 외신 기자들의 모습도 숱하게 보였다.

"누구 짓인지 알아냈소?!"

"방금 들어온 정보에 의하면 IS인 것 같습니다."

"그 정보는 어디서 들은 거요?"

"미국 측에서 보내왔습니다. IS가 아부다비방송에 자신들이 테러를 주도했다고 알려왔답니다."

"이 미친놈들이 기어코……."

"테러를 한 것은 '외로운 늑대'인 걸로 추정됩니다. CCTV를 통해 확인한 결과 이 여자가 범인 인 것 같습니다."

국정원장이 서류 봉투에서 꺼낸 사진에는 20대 초반의 여자의 모습이 담겨 있었다.

전철을 타기 위해 기다리는 그녀는 꽤 무겁게 보이는 가방을 매고 있었는데 전혀 테러리스트처럼 보이지 않을 정도로 평온한 모습이었다.

"이 여자는 어찌 되었소?"

"폭탄을 매고 죽었으니 시신조차 남지 않았습니다."

"자살테러였단 말이오?"

"그자들이 주로 쓰는 방법이지요. 자신들의 종교를 위해서는 사람의 목숨을 초개와 같이 여기는 자들입니다."

"이놈들을……."

국정원장의 대답을 들은 박무현 대통령의 시선이 텔레비전으로 돌아갔다.

이제 텔레비전에서는 희생된 사람들의 운구가 옮겨진 병원을 비추는 중이었는데 가족들이 관을 붙잡고 오열하는 모습이 방송되고 있었다.

한동안 박무현 대통령은 움직이지 못했다.

가슴속에 복받쳐 오르는 분노와 슬픔. 그 슬픔을 참기 위해 노력했으나 대통령의 눈에서는 어느새 진한 눈물이 새어 나오고 있었다.

*　　　　*　　　　*

"한국이 뒤집어지겠군."

"언론이 워낙 씹어대니까 당분간 정신을 못 차릴 겁니다."

미국 CIA 한국 지부장 윌리엄스가 웃는 얼굴로 묻자 그의 수족인 정보분석관 리차드가 같은 얼굴로 대답했다.

그들은 화면을 가득 채우고 있는 처참한 모습을 보면서도 전혀 동정의 기미를 보이지 않았다.

윌리엄스의 입이 다시 열린 것은 텔레비전 화면에서 비상 대책회의에 대한 내용이 방송되고 있을 때였다.

"자네 생각에는 한국 측에서 어떻게 대응할 것 같나?"

"그게 조금 아리송합니다. 현재 정권을 틀어쥐고 있는 박무현 대통령은 강성 중의 강성입니다. 그럼에도 여우처럼 영악해서 국가에 손해되는 일은 절대 하지 않습니다."

"쉽게 말해봐. 복잡한 건 딱 질색이니까."

"아시겠지만 IS를 치는 건 우리도 하지 못했습니다. 놈들을 공격하면서 얻는 이익보다 훨씬 커다란 손해가 기다리고 있었으니까요. 공중폭격을 했으나 그건 미국의 자존심을 보여주기 위한 연극에 불과했습니다. 우리 국민이 그 정도로 넘어가 줬으니 다행이지 여론이 악화되었다면 곤란해졌을 겁니다."

"그래서?"

"제 생각에는 한국 측에서 움직이는 건 쉽지 않을 것 같습니다."

"움직이게 만든다면?"

처음에는 자신의 의견을 묻는 것으로 생각했던 리차드가 윌리엄스의 얼굴을 보며 그때서야 심각하게 얼굴을 굳혔다.

"무슨 말씀이신지……."

"나는 한국이 IS를 공격하도록 돗자리를 펴줄 생각이다."

"그게 가능하겠습니까?"

"우리가 지원하는 국회의원들을 동원하면 충분히 가능해. 그자들에게 언론을 주도하게 만드는 거지. 몇 명 참수되었을 때는 힘들었겠지만 이 정도로 당했다면 분명 언론도 동조해 줄 거야."

"한국 정부가 가만있을까요?"

"난감해지겠지. 하지만 여당과 야당의 국회의원들이 나라의 자존심 운운하며 떠들고 언론이 맞장구를 쳐준다면 여론은 움직이게 되어 있어. 그렇게 되면 한국 정부는 사면초가에 빠졌다가 결단을 내리게 될 거다."

"지부장님, 우리가 그렇게까지 할 필요가 있습니까?"

"IS는 중동 쪽에서도 우리 미국의 영향력이 미미한 곳이야. 세력을 확장하고 싶어도 워낙 이슬람 놈들이 강하게 결속되어 있어서 힘들단 말이다. 이때 한국이 나서준다면 우리는 손 안 대고 코를 풀 수가 있어."

"그들을 이용해서 영향력을 확대할 수 있다는 뜻이군요."

"그것만이 아니야."

"그럼 다른 것도 있습니까?"

"전쟁은 시작이 어려울 뿐 일단 시작하게 되면 쉽게 끝내지 못한다. 한국은 전쟁이 시작되는 순간 이기기 위해서 최선을 다해야 할 테니까 점점 수렁 속으로 빠져들게 되어 있어. 그리되면 어떻게 될 것 같은가?"

"무슨 뜻인지는 알지만 이번 전쟁은 대규모 전면전이 될 수 없습니다. 국지전이라면 한국에도 수많은 무기들이 있습니다. 한국 측에서는 절대 우리가 원하는 무기를 수입하지 않을 것입니다."

"우리가 예측한 대로 국지전에서 멈춘다면 한국이 파견한 병력은 한 명도 살아 돌아오지 못하게 될 거야. 놈들이 살아가는 사막은 지옥의 늪이니까. 증오는 증오를 키우는 법이지. 그 수많은 목숨들이 희생된다면 복수를 원하는 국민들의 열망을 충족하기 위해서 한국 정부가 어찌할 것 같은가?"

"그리되면 이슬람 제국들이 참여하게 됩니다. 잘못하면 3차 대전이 생길 수도 있습니다."

"그건 중간에서 우리가 조절하면 돼."

"시나리오는 좋지만 걸리는 문제들이 많군요."

"뭐가?"

"한국은 원양 수송 능력이 절대적으로 부족한 나랍니다. 우리한테 무기를 사도 제대로 써먹지 못할 겁니다."

"그것도 우리가 도와주면 된다. 그들이 필요한 무기를 판매하면서 전쟁 무기를 실어 나를 수 있는 수송선을 지원해 주는 조건을 걸면 돼. 그게 아니라면 무기 인도 장소를 전장에서 가까운 곳으로 하는 방법도 있고."

"휴우… 방산업체가 호황을 맞이하겠군요."

"침체를 겪고 있는 미국 경제가 다시 한 번 도약하는 계기가 될 수 있다. 물론 우리 주머니도 달러로 가득 차게 될 것이고."

"너무나 중요한 이야깁니다. 혹시 이 내용을 상부에서도 알고 있습니까?"

리차드의 질문에 윌리엄스의 얼굴에서 의미심장한 미소가 피어올랐다.

그는 어느새 담배를 꺼내 물고 있었는데 여유가 있는 모습이었다.

"자네는 이런 일을 나 혼자 처리할 수 있다고 생각하나?"

*　　　　*　　　　*

전 국민이 애도하는 테러 희생자들의 합동 장례식이 있고 난 후부터 천천히 달아오르던 IS에 대한 응징 여론은 여당의 원내 대표를 맡고 있는 정철호 계열과 야당 대표 김학성 계열 국회의원들이 전면에 나서 연일 언론을 상대로 피를 토하는 절규를 터뜨리면서 들불 번지듯 퍼져 나갔다.

그들이 펼치는 논리는 국민들의 울분과 자존심을 건드리기에 충분한 것이었다.

역사적으로 언제나 외세의 침공에 당하기만 했던 조국.

힘이 없었기 때문에 수많은 죽음을 보면서도 참고 견뎌야 했던 아픔.

강성한 군대를 이끌고 있는 지금, 이제는 더 이상 대한민국을 얕보고 도발하는 적들을 좌시하면 안 된다는 주장이었다.

국민들은 그들의 논리에 공감했고 과감하게 나서서 복수를 위해 싸우자고 주장하는 그들에게 열렬한 환호성을 보냈다.

언론에서는 대한민국과 IS의 전력을 비교하면서 전쟁이 벌어져도 충분히 승산 있다는 보도를 연신 내보냈기에 국민들의 자신감은 점점 커져가는 상태였다.

물론 반대 여론도 만만치 않았으나 대다수의 국민들은 그런 의견을 귓가로 흘려버리며 한시라도 빨리 그들을 응징하기를 바랐다.

아무런 죄도 없는 생명들을 죽음으로 몰아넣은 IS의 행위는 너무나 잔인해서 절대 용서할 수 없는 짓이었다.

비상대책회의를 마치고 돌아온 박무현 대통령은 창가에 서서 지는 해를 바라보며 생각에 잠겼다.

각료들의 대부분은 파병에 반대하며 국가에 돌아올 피해를 우려했지만 그는 그들을 설득해서 파병을 결정했다.

조국에 돌아올 피해를 몰라서 한 결정이 아니었다.

어젯밤 국정원장의 보고를 들으면서 아직까지 대한민국에 뿌리박혀 있는 매국노들을 향해 미칠 것 같은 울분을 느꼈으나 끝내 이를 악물고 참아냈다.

자신은 대한민국의 대통령이었고 조국의 안보와 번영을 책임지고 있는 사람이었기 때문이었다.

전쟁.

뜨거운 피와 심장을 가진 젊은이들의 죽음이 담보되어야 하는 잔인한 행위였으나 그는 결국 그 어렵고 힘든 길을 선택하고 말았다.

국민들이 느끼고 있는 분노는 곧 자신의 것이나 다름없었다.

복수하고 싶다는 열망과 어떤 희생이 따르더라도 더 이상 대한민국을 얕보지 못하게 만들겠다는 신념이 그의 가슴속에 꿈틀거리고 있었다.

친미파의 농간을 알면서도 파병을 결정한 것은 그런 이유가 있었기 때문이었다.

만약 실패한다 하더라도 후회하지 않을 자신이 있었다.

비록 희생이 따르겠지만 대한민국의 자존심을 회복할 수만 있다면 어떤 짓이든 할 각오가 되어 있었다.

그랬기에 박무현 대통령은 붉게 피어오르는 석양을 바라보며 침묵 속에서 그가 오기를 기다렸다.

제7장
출병

강태산은 말쑥하게 양복을 차려입고 국장이 운전하는 차에 올라탔다.

　중요한 자리에 가야 되니까 정장을 입으라는 지시를 받았기 때문이었다.

　평소에는 웃음기로 가득했던 정보국장의 얼굴은 장난기가 싹 빠져 있었다.

　"얼굴이 왜 그러세요. 걱정 있는 얼굴입니다."

　"코드1의 호출이다."

　"저를 말입니까?"

"그래."

갑작스러운 정보국장의 말에 강태산의 얼굴이 일그러졌다.

CRSF(Crisis Response Special Forces : 국가위기 특수대응팀)의 수장을 가리키는 코드1은 신비로 가려져 있는 인물이었다.

CRSF는 대통령 직속 기관으로 일반 국민들은 물론이고 내각과 정치 쪽에도 전혀 정체가 노출되지 않은 대한민국 최고의 비밀 기관이기 때문에 아무도 수장이 누군지 몰랐다.

심지어 정보국장마저도 몇 번 만나기만 했을 뿐 그의 진정한 정체에 대해서는 들은 바가 없다고 하니 베일에 싸인 인물이라고 보기에 충분하고도 남았다.

강태산의 머리가 번개 같은 속도로 빠르게 회전하기 시작했다.

아직까지 한 번도 전면에 나서지 않았던 코드1이 자신을 부른다는 것은 '청룡비상2'가 이번 IS와 관련이 있다는 것을 의미하는 것이고 자신에게 주어질 임무가 그만큼 위험하다는 걸 나타내는 것이었다.

그랬기에 강태산은 굳어진 얼굴로 정보국장을 향해 입을 열었다.

"국장님은 어디까지 알고 계십니까?"

"아직 들은 바가 없다."

"그래도 국장님은 CRSF에서 꽤 중요한 분인 줄 알고 있었는데 그렇지도 않은가 봅니다."

"농담하지 마. 나 지금 긴장돼서 죽을 판이니까."

"저야 말단이라서 본 적이 없지만 국장님은 코드1을 여러 번 보셨을 텐데 긴장이 된다니요. 이해되지 않는 말씀을 하고 계시는군요."

"지금 코드1이 문제가 아니니까 그렇지!"

"그럼 뭐가 문젭니까?"

"우리가 가는 곳이 문제다."

"지옥이라도 가는 것처럼 말씀하십니다. 저야 지옥 비슷한 곳을 여러 번 다녀왔기 때문에 어디를 가든 괜찮지만 국장님은 조금 겁나긴 하겠습니다."

"야, 자꾸 농담하지 마. 난 진짜 심각하니까!"

"도대체 어딜 가는데 그러세요?"

"파란 집."

"우리 집 갑니까. 우리 집도 파란 지붕입니다."

"이놈이 진짜……."

정보국장이 한숨을 길게 내리쉬자 그때서야 강태산의 얼굴이 조금 굳어졌다.

몰라서 한 말이 아니다.

지금 코드1이 청와대에 있다는 것은 대통령과 함께 있다는 것을 의미했다.

정보국장이 긴장할 만하다.

대통령을 직접 만난다는 것은 그로서도 처음 있는 일일 것이고 현재 대한민국을 이끄는 박무현 대통령은 철혈의 심장을 지닌 인물로 알려져 있었으니 말이다.

하지만 강태산은 달랐다.

상대가 누구라 해도 야차로 살아왔으니 누군가를 만난다 해서 두렵거나 긴장한다는 것은 말도 안 되는 일이었다.

청와대에 들어서자 수많은 검문검색이 이루어졌으나 정보국장이 신분을 밝히자 프리패스로 본관까지 차가 움직였다.

중요 인사가 아니라면 청와대 내에서 차가 움직이는 경우는 거의 없는데도 그들이 탄 차가 본관에 도착하자 의전 비서가 직접 나와 그들을 기다리고 있었다.

처음 보는 본관의 모습은 사람을 위압시키기에 충분할 만큼 고요했고 엄숙했다.

비서를 따라 대통령의 집무실이 있는 2층까지 곧장 올라갔다.

비서는 집무실로 따라 들어오지 않았기 때문에 문을 열고 들어선 사람은 그 둘뿐이었다.

정보국장이 앞장서고 그 뒤를 따라 강태산이 들어서자 소파에 앉아 담소를 나누던 사람들이 자리에서 일어나는 것이 보였다.

한 명은 텔레비전 화면에서나 봤던 박무현 대통령이었고 또 한사람은 전혀 안면이 없는 사람이었다.

하지만 강태산은 금방 그가 CRSF를 이끌고 있는 코드1이라는 걸 눈치챘다.

중키에 약간 살이 쪘지만 심연의 눈을 지닌 60대의 남자는 이쪽을 바라보기만 했을 뿐 어두운 표정을 아직도 풀지 않고 있었다.

대통령과 나눈 대화가 그만큼 무거웠다는 뜻이다.

정보국장은 대통령과 악수를 하면서 마치 염라대왕을 만난 것처럼 긴장했으나 강태산은 가볍게 고개를 숙여 예를 표했을 뿐이다.

대통령의 입이 열린 것은 어여쁜 비서가 두 사람의 앞자리에 차를 놓고 나갔을 때였다.

"갑자기 불러서 놀라셨겠습니다."

"아닙니다, 대통령님."

"두 분이 오시기 전에 여기 계신 정 의장님과 많은 이야기를 나눴습니다. 자세한 것은 나중에 들으시면 될 겁니다."

"알겠습니다."

"누가 청룡인가요?"

"접니다."

대통령의 물음에 강태산은 조용한 목소리로 대답을 했다.

박무현 대통령은 이미 자신이 청룡의 수장인 것을 알아봤는지 대답을 하기 전부터 시선을 보내오고 있었다.

"조국을 위해 수많은 작전을 성공했다고 들었습니다. 정 의장님은 당신을 보고 불사조라고 하더군요. 정말 고맙습니다."

"과찬이십니다."

"혹시 내가 대국민 담화문을 발표하는 걸 보셨소?"

"네, 봤습니다."

오늘 오전 대통령은 전 국민이 보는 앞에서 IS를 응징하기 위해 파병을 하겠다는 선언을 했다.

국민들은 환호했고 전 세계의 외신들은 특급으로 이 사실을 자국에 송신했기 때문에 아마, 지구상에 살고 있는 사람이라면 대부분이 알고 있을 것이다.

하지만 대통령의 얼굴은 너무 어두워 차마 마주 보기 어려울 정도로 굳어 있었다.

그랬기 때문인지 대통령의 목소리는 더없이 차분하게 들렸다.

"청룡은 내가 내린 파병 결정을 어떻게 생각하시오?"

"잘못된 결정이라고 생각합니다."

지체 없는 강태산의 대답에 정 의장이라고 불린 코드1과 정보국장의 얼굴이 새파랗게 변했다.

대통령 앞에서 서슴없이 반대 의견을 말하는 강태산의 태도는 정말 대책 없는 짓이었기 때문이었다.

하지만 박무현 대통령은 어두운 얼굴에 쓴웃음을 매달았을 뿐이었다.

"왜 그렇소?"

"어떤 이유를 댄다 해도 전쟁은 수많은 젊은이들의 목숨을 담보로 하기 때문입니다."

"맞는 말이오. 그래서 내가… 그대를 부른 것이오."

"말씀하십시오."

"나는 그대들의 목숨으로 이 전쟁을 대신하고 싶소. 그렇게 할 수 있겠소?"

"청룡은 국가를 위해서라면 무엇이든 하는 조직입니다."

"목숨을 잃게 될 거요. 그래도 하겠다는 말이오?"

"저는 저의 대원들에게 국가를 위해 일하다 죽는 것은 영광이라고 가르쳤습니다. 이미 목숨을 잃은 수많은 요원들이 그렇게 했고 저희도 그럴 것입니다."

"그렇구려… 그렇……."

강태산의 대답에 대통령은 말을 잇지 못했다.

아련한 눈으로 바라보는 그의 눈길이 강태산의 선신을 훑으며 지나갔다.

마치 영원히 기억하겠다는 듯.

그리고 박무현 대통령은 끝내 말하지 못했던 단어를 억지로 끄집어냈다.

"이런 명령을 내리는 나를 원망하시오. 미안합니다… 청룡."

"대통령님. 저희 청룡을 선택한 것은 탁월한 선택이셨습니다. 원하시는 것을 반드시 이루어 드릴 테니 너무 염려하지 마십시오."

*　　　　*　　　　*

새빨간 명판에 달린 빛나는 세 개의 별.

제1공수여단의 정문을 향해 다가오는 지프차는 속도를 줄이지 않고 맹렬하게 달려왔다.

정문을 지키는 위병들이 별판을 확인하고 우렁차게 경례를 했으나 지프차는 전혀 속도를 줄이지 않고 여단장실로 향했다.

여단장 김태명이 문을 박차고 뛰어나온 것은 사령관이 떴다는 부관의 긴급 연락을 받은 직후였다.

"단결!"

총알처럼 튀어나온 그는 특수전 사령관의 지프차가 멈춰

서자 급히 앞으로 다가와 직접 문을 연 후 작지만 강한 어조로 거수경례를 붙였다.

그러자 차에서 내린 사령관이 말없이 손을 가볍게 올렸다가 내리며 그를 물끄러미 바라봤다.

"김 준장, 잘 있었어?"

"연락을 주시지 그러셨습니까. 갑자기 오셔서 놀랐습니다. 안으로 들어가서 말씀하시죠."

"그래."

짧게 대답한 사령관이 먼저 걸음을 옮기자 그 뒤를 여단장이 따랐다.

이미 제1공수여단은 사령관의 출현으로 완전 비상대기 상태로 돌입한 상태였다.

이렇게 불시에 들이닥치는 경우가 거의 없었기 때문이었다.

군대는 정보가 생명이었다.

직속상관의 움직임은 반드시 체크해야 되는 사항이었고 특히 사령관의 동태는 더욱더 그랬다.

사령관은 도착한 후 커피가 탁자에 놓인 지금까지 한 번도 얼굴에 웃음기를 흘리지 않았다.

그랬기에 김태명 준장은 긴장의 끈을 잠시도 놓시 못하고 그가 입을 열길 기다렸다.

그 역시 현재의 상황이 어떤지 대충 짐작이 되기 때문이었다.

"김 준장!"

"말씀하십시오."

"어젯밤, 나한테 명령이 떨어졌다."

기어코 듣고 싶지 않았던 말이 사령관의 입에서 흘러나오자 김태명 준장이 입술을 지그시 깨물었다.

제1공수여단이다.

사령관이 이곳까지 직접 찾아와 파병 이야기를 꺼냈다는 것은 자신들이 주인공이라는 걸 의미하는 것이었다.

두려운 것은 아니었으나 심장은 미친 듯이 뛰기 시작했다.

월남전 이후 현재까지 10여국에 파병을 내보냈지만 대부분 특전 교육과 치안 유지가 목적이었을 뿐 직접적인 전투를 목적으로 나간 적은 한 번도 없었다.

명예다. 하지만 고통이기도 할 것이다.

사랑하는 수많은 부하들의 죽음을 전제로 한 임무.

하지만 절대 피할 생각은 없었다.

그랬기에 그는 결연한 눈으로 사령관을 직시했다.

"저희가 선봉입니까?"

"그렇다. 선봉이다."

"출발일은 언제로 결정되었습니까?"

"한 달 후다. 세부적인 것은 따로 지침이 내려올 것이다."

"사령관님, 제가 이해되지 않는 부분이 있습니다. 물어봐도 되겠습니까?"

"뭔가?"

"이런 중차대한 전쟁을 시작하면서 작전 회의를 한 번도 하지 않았습니다. 시간이 없는데 작전 회의는 언제 할 생각이십니까?"

당연한 질문이다.

선봉이든 주공이든 부대장들은 자신들이 맡은 임무와 섹터, 적에 대한 정보 등을 입수해야 하며 작전 일정과 보급, 유사시의 후퇴 경로 등 수없이 많은 것들을 숙지하고 있어야 한다.

그러한 것들은 사전에 철저한 준비로 이루어지는 것인데 사령관은 그런 것에 대해 일절 아무런 말도 하지 않고 있었다.

하지만 특수전사령관은 묵묵히 그의 의문에 찬 시선을 마주하다가 전혀 의외의 말을 꺼냈다.

"시리아에 가는 병력은 제1공수여단뿐이다."

"그게 무슨 말씀이십니까?"

"김 준장도 알다시피 시리아까지 병력을 운송할 수단이 우리에게는 별로 없다."

"저희보고 가서 죽으란 말씀입니까. 혹시 국민 여론에 떠밀려 우리를 희생양으로 삼으실 생각이십니까?"

"말조심해. 그걸 말이라고 해!"

"그럼 뭡니까. 머나먼 이국땅으로 달랑 우리만 보내는 건 죽으라는 뜻이 아니고 뭡니까?"

"제1공수여단은 전선만 확보하고 있으면 된다. 가급적 전투를 피하고 공격 자세만 취해. 그것이 너희에게 주어진 임무다."

"도대체… 저는 무슨 소린지 하나도 못 알아듣겠습니다."

"세부적인 작전 계획은 알려줄 수 없다. 단 제1공수에 관한 작계는 별도로 시달될 것이다. 김 준장, 가서 보름만 버텨주면 된다. 그때까지 어떤 일이 있더라도 병력을 지켜라!"

"IS에 대한 응징을 하기 위해 가는 건데 보름은 뭐고 방어만 하라는 건 또 무슨 말씀입니까. 사령관님, 대충이라도 알려주셔야 저도 부대를 지휘할 것 아니겠습니까?"

김태명 준장은 물러나지 않았다.

조국에 대한 충성심이 약한 것은 아니나 수족 같은 부대원의 목숨이 달린 일이었으니 이대로 물러날 수는 없었다.

그랬기에 이를 악물고 사령관을 바라보았다.

여기서 사령관이 또다시 비밀 운운하며 몰라도 된다는 소리를 한다면 멱살이라도 잡을 기세였다.

고뇌에 찬 모습으로 김 준장의 얼굴을 응시하던 사령관의 입이 열린 것은 사지로 부하들을 떠나보내야 하는 상관으로서의 미안함 때문이었을 것이다.

"김 준장, 주공은 따로 있다."

"우리만 간다면서요?"

"나도 자세한 건 모른다. 하지만 주공이 있다는 것은 분명하니까 그렇게만 알고 있어. 대신, 너희 새끼들 목숨은 확실하게 챙겨. 예전에 나한테 빠따 맞던 생각 기억나지?"

"그럼요. 정말 눈물 나게 맞았는데 기억 안 나겠습니까."

"부하 목숨 하나마다 네 엉덩이에 시퍼런 몽둥이 자국을 만들 생각이다. 그러니까 부하들 목숨 잘 지켜. 알겠나!"

*   *   *

대한민국의 모든 언론은 난리가 났다.

대통령이 직접 파병에 대한 결단을 내리고 파병에 대한 준비를 지시했기 때문에 전군은 비상이 걸려 있는 상태였다.

정부에서는 파병에 관한 사항은 일체 함구로 일관했기 때문에 어떤 부대가 어떤 경로로 움직일지를 알아내기 위해 전 언론의 기자들은 백방으로 뛰어다녔다.

하지만, 국방부 장관을 비롯해서 모든 장성이 입도 벙긋하지 않았고 심지어 대통령까지 침묵을 지켰기 때문에 파병에 관한 기사는 그저 추측으로만 쓰일 뿐이었다.

그런 시간이 일주일이 지난 후.

공수1여단이 선봉으로 한 달 후에 출발한다는 정보가 흘러나왔다.

국방부의 브리핑은 간단했다.

공수1여단이 거점을 확보하면 연속해서 전투부대들이 추가되어 IS의 전역을 타격한다는 것이었다.

그러나, 상세한 작전 내용은 밝혀지지 않았다.

군사기밀은 그 어떤 언론에도 알려지지 않는 법이다.

'청룡비상1'.

예령비문은 국장이 띄우지만 진짜 청룡의 출동을 대원들에게 알리는 비문은 강태산이 직접 한다.

청룡의 작전실에 모든 대원들이 집합한 것은 청와대를 방문한 다음 날이었다.

문이 열리고 강태산이 들어서자 모여 있던 모든 대원들이 자리를 박차고 일어났다.

하지만 경례를 하지는 않았고 그저 긴장된 눈으로 대장인 강태산을 바라볼 뿐이었다.

"잘들 쉬었나?"

"예, 대장."

"앉아. 다리 아플 일 많을 테니까 벌써부터 고생시키지 말자."

중앙에 있는 자리에 강태산이 먼저 앉자 나머지 대원들이 이 열로 나란히 앉았다.

그런 대원들을 향해 강태산이 굵은 목소리로 입을 열었다.

"이번 작전명은 사막의 늑대 사냥이다."

"IS로군요?"

부대장인 유상철이 눈을 번뜩이며 물었다.

그러자 강태산이 미소를 베어 물며 고개를 끄덕였다.

"그렇다."

"이해가 되지 않습니다. 정부에서 IS를 응징하기 위해 파병한다는데 우리가 뭐하러 갑니까. 혹시 사전 정보 입수가 목적입니까?"

"그까짓 정보를 입수하기 위해 청룡이 뜬다는 게 말이 된다고 생각해?"

강태산이 대원들을 주욱 둘러보며 반문을 하자 질문을 했던 유상철이 눈을 오므렸다.

뭔가 낌새를 눈치챘다는 증거다.

하지만 목소리가 새어 나온 것은 마지막에 앉이 있던 자지연에게서였다.

대원 중에서 유일하게 여자인 그녀는 머리 회전이 비상했기 때문에 종종 강태산이 놓치는 부분까지 커버링이 가능했다.

"뭔가가 있군요. 정부의 파병에 문제가 있는 거죠?"

"빙고."

"그게 뭡니까?"

"IS를 치는 것은 우리다. 다른 병력은 파병되지 않을 것이다."

"우리만 간다고요?"

"그래."

"대통령이 직접 나서서 파병을 하겠다고 담화문까지 발표했는데 그럼 그게 트릭이란 말입니까?"

"대통령께서는 우리나라의 젊은이들이 이국땅에서 싸늘한 시신으로 남겨지는 걸 원하지 않으셨다. 파병은 열화같이 들끓는 여론을 잠재우고 분열된 국론을 하나로 모으기 위한 수단이다."

"그렇다면 한 달 안에 모든 걸 처리해야 된다는 뜻이군요."

이번에 나선 것은 유태호였다.

그 역시 차지연에 못지않게 머리 돌아가는 것이 컴퓨터급이다.

그랬기에 강태산은 만족스러운 웃음을 지었다.

이런 부하들과 작전을 한다는 건 매우 유쾌한 일이기 때문이다.

"정확하다. 우리는 한 달 안에 모든 작전을 완료하고 대통령께 명분을 드려야 한다."

"파병 철회 말입니까?"

"그렇다. 우리가 성공하지 못하게 되면 대통령께서는 어쩔 수 없이 파병을 선택하셔야 한다. 미국의 개들이 벌 떼처럼 달려들 테니 말이다."

"이번 파병을 강력하게 주장한 놈들 말입니까?"

"개 같은 놈들이지."

"씨발놈들, 이번에 돌아오면 그자들부터 처리하시죠."

"그건 나중 문제다. 중요한 것은 이번 임무를 완벽하게 성공하는 것이다."

"타깃은 뭡니까?"

"알 샤하드와 시리아 내 IS 지도부의 궤멸."

"음… 이번 인질 참수와 테러를 주도한 놈들이군요."

"그놈들은 나쁜 짓을 하면서 너무 오래 살았어. 이젠 죽을 때가 되었다."

"놈의 휘하에 있는 병력은 10만이 넘습니다. 이번 작전은 너무 위험합니다."

"우리가 하는 일이 언제는 위험하지 않았나?"

"그래도 이건……."

"놈들은 우리 정부에서 파병을 결정했기 때문에 상륙 예상 지점으로 병력을 대거 이동하게 될 것이다. 그때 우린 놈들의 후방을 친다. 더군다나 우리에겐 미끼가 있다."

"미끼라니요?"

"그건 도착하면 알려주겠다."

"놈들을 죽인 후에 후퇴 경로는 확보하셨습니까. 잘 아시겠지만 놈들의 지도부가 궤멸되면 IS의 본대가 나서서 전력을 다해 우릴 잡으려 할 겁니다."

"걱정 마. 그건 준비되었으니까."

"작전은 언제 시작합니까?"

"삼 일 후!"

*　　　　　*　　　　　*

CIA 한국 지부 사무실은 '유한물산'이란 사업체로 위장되어 이태원의 7층 건물을 통으로 사용하고 있었다.

국정원뿐만 아니라 군에서도 그들의 존재를 알고 있었으나 한국 정부에서는 아무런 제재를 가하지 않았다.

자신들과 그들이 악어와 악어새와 같은 공생의 역할을 한다고 믿었기 때문이었다.

최신 북한 정보와 세계에서 벌어지는 주요 사건들을 제일 먼저 입수하는 것은 CIA였기 때문에 이번 테러 사건의 주범이 IS라는 것도 그들을 통해 알게 되었다.

하지만, 그들은 적도 아군도 아니다.

오직 그들은 미국의 이익만을 위해서 움직이는 조직이었고 그것 또한 공공연한 비밀이었다.

윌리엄스는 이탈리아 밀라노에서 수입한 커피의 향을 음미하며 눈을 감고 있었다.

한가한 오후의 일상.

모든 것은 그가 의도한 대로 진행되었기 때문에 본토에서는 조만간 국장이 직접 날아오겠다는 전화를 해왔다.

그만큼 이번 사안에 대해 본토의 관심이 남다르다는 것을 의미했고 그것은 차기 국장 물망에서도 자신의 이름이 상단에 위치하게 된다는 걸 알려주는 것이었다.

기회의 땅 한국.

같은 민족이 분단되어 오랜 세월 동안 치고받는 세계 유일의 병신 같은 나라.

권력을 쥔 자들은 돈에 눈이 멀었고 여자관계가 복잡해서 약점 잡기가 땅 짚고 헤엄치는 것보다 훨씬 쉬운 나라였다.

이런 나라가 세계 경제 순위 7위에 올라 있다는 것이 정말 이해 불가능했지만 그런 약점들이 있었으니 그에게는 여전히

이 나라가 만만했고 우습게만 여겨졌다.

리차드가 문을 열고 들어선 것은 향후 국장에 취임했을 때의 영광을 생각하며 얼굴에 희미한 미소를 짓고 있을 때였다.

"지부장님, 다녀왔습니다."

"그래 어떻던가?"

"한국 놈들의 행동이 뭔가 이상합니다."

"이상하다니?"

"군의 움직임이 전혀 없습니다. 더군다나 파병안을 처리하기 위해서는 지금쯤 국회가 시끌벅적해야 되는데 조용하단 말입니다."

"아직 시간이 충분해서 그럴 거다. 한국 놈들은 의외로 철저한 면이 있어. 워커는 뭐라던가?"

"파병에 대한 협의가 들어와 있답니다. 우리 군에 적극적인 지원과 협조를 부탁했답니다."

"누가?"

"육군 참모총장이 직접 들어왔다고 하더군요."

"한미연합사령관인 워커에게 그런 협조를 해왔다면 곧 일이 빠르게 진행될 거야. 그러니까 자넨 걱정하지 말고 계속해서 놈들의 움직임을 주시하고 있어."

"알겠습니다."

"그리고 우리 쪽 방산업체들은 언제 들어온다고 하던가?"

"다음 주면 들어와서 물밑 접촉을 벌이기 시작할 겁니다."

"그 자식들 들어오면 나부터 만나라고 해. 판을 벌여주었으니 인사를 받아야겠다."

"당연히 그래야지요."

"놈들에게 사전 떡밥을 뿌려야 되니까 충분히 가져오라고 해. 이번에 힘쓴 놈들에게 고생했다고 먹이를 줘야지 다음 일에도 팔을 걷어붙이고 나설 것 아니야."

"그런 건 놈들이 더 잘 알아서 할 겁니다."

"박무현이 좌불안석이겠구만. 아마, 지금쯤 땅을 치고 후회할지도 모르겠다."

"여론이 그 난리를 쳤으니 버틸 수 없었던 거죠. 그래도 일국의 대통령이란 자가 그런 결정을 내리다니 정말 어리석습니다."

"그게, 다 밑천이 없어서 그래. 그래도 그자는 역대 어떤 대통령보다 현명했는데 이 정도 덫에 걸리다니 조금 실망이야."

"하하하… 지부장님의 덫이 워낙 교묘해서 그런 것 아니겠습니까?"

"하긴, 그렇기도 하지. 정치인들이 대거 나서서 언론과 여론을 등에 업었으니 어쩔 수 없었을 거야."

"그런데 지부장님!"

"어젯밤에 서울공항에서 수송기가 하나 떴습니다."

"수송기가?"

"목적지가 시리아인 것 같습니다. 지금 추적 중입니다."

"탄 놈들은?"

"아무래도 707인 것 같습니다. 30명 정도가 탑승한 것으로 추정됩니다."

"그놈들은 특전사에서도 최고라고 불리는 놈들이잖아?"

"그렇습니다."

"자네가 봤을 때 목적은 뭔 것 같은가?"

"아무래도 본진이 들어오기 전에 주둔지 일대를 청소하려는 것 같습니다."

"그 인원으로?"

"지금쯤 IS 측에서는 한국군의 예상 주둔지로 병력을 급파하고 있을 겁니다. 지뢰의 매설이나 스나이퍼들을 미리 제거하기 위함이 아닐까요?"

"혹시 암살이란 생각은 안 해봤나?"

"누구를요? IS의 지도부를 말입니까?"

"그래, 만약 한국 정부에서 꼼수를 쓰는 것일 수도 있지 않겠어?"

"설마요."

"나는 말이야, 박무현이 너무 쉽게 넘어온 것 같아서 아직도 찜찜한 마음이 들어. 그자는 그동안 여러 번 예상을 벗어나는 행동을 해서 날 당황시켰거든."

"파병 전에 IS 지도부를 암살해서 국민들의 분노를 푼다는 가정을 하시는군요. 그렇게만 되면 파병을 하지 않아도 되고요?"

"그럴 수도 있지 않을까?"

"전혀 가능성이 없는 이야기도 아닌 것 같습니다. 707 놈들은 그린베레도 긴장하게 만들 정도로 강한 놈들이니까요."

리차드가 자신의 말에 동의를 해오자 윌리암스의 얼굴이 심각하게 변했다.

만약 그게 사실이고 작전이 성공하게 된다면 지금까지 공들여 온 일들이 모두 공수표가 되어버린다.

그랬기에 한동안 입술을 깨물며 생각에 잠겼던 윌리암스가 천천히 리차드를 향해서 입을 열었다.

"놈들의 의도대로 하게 만들어줄 수는 없지. 우리는 반드시 한국이 파병을 하게 만들어야 한다. 그러기 위해서는 사전에 놈들의 의도를 차단해야 해. 놈들의 경로를 정확하게 파악해서 IS 측에 알려줘. 도착하자마자 없애도록 도와주란 말이다!"

그 시각.

강태산을 비롯한 청룡대원들은 터키의 수도 앙카라에서 28㎞ 떨어져 있는 에센보아공항을 나서고 있었다.

짙은 선글라스를 쓴 강태산은 여행객으로 위장해서 먼저 빠져나간 대원들과 떨어져 차지연과 함께 공항을 천천히 걸어 나왔다.

덥다. 그리고 끈적한 냄새가 기분 나쁘게 다가왔다.

열사의 하늘, 그리고 산과 들.

처음이지만 그리 낯설지는 않았다.

오랜만에 피우는 담배 연기가 참으로 구수하고 뻐근하게 폐를 자극해서 몽롱한 기분을 만들어냈다.

차지연은 강태산이 나오자마자 담배를 빼어 물자 눈을 흘겼다.

"고생했네요. 20시간이나 담배 참느라."

"시비 걸지 마라."

"대장님, 오늘은 호텔에 들어가서 하루 쉬면 안 돼요? 이틀이나 샤워를 못 했더니 미칠 지경이에요."

"우리가 놀러 왔냐?"

"여기서부터 놈들이 있는 시리아 알라크까지는 일주일이나 걸려요. 지프차로 이동할 거잖아요. 어차피 먼지 구덩이가 될 텐데 이번 기회에 인심 한번 쓰시죠?"

"그런 눈 하지 마라. 사팔뜨기 된다."

"그러지 말고 한번 합시다."

"넌 시도 때도 없이… 그런데 이놈들은 왜 안 오는 거야!"

차지연이 고개를 외로 꼬며 의미심장한 말을 하자 강태산이 급격히 고개를 돌렸다.

이럴 때마다 난감하다.

그녀는 작년에 아프카니스탄 작전에서 강태산이 목숨을 구해준 이후부터 틈만 나면 이렇게 무턱대고 들이대는 게 버릇이 되었다.

다른 문을 통해 나온 대원들은 공항 주차장으로 지프차를 가지러 갔다.

비밀리에 터키에서 암약하는 국정원 요원들이 이동 편을 마련해 놔서 알라크까지 가는 데는 문제가 없었다.

무기는 시리아의 국경에서 인도받는 것으로 계획되어 있었기 때문에 일주일 동안 고생은 되겠지만 위험을 없을 것이다.

뿌연 먼지를 날리며 두 대의 지프차가 다가온 것은 차지연이 강태산의 소매를 잡고 응석을 부릴 때였다.

전장에만 들어서면 치를 떨게 만들 정도로 잔인한 짓을 서슴없이 저지르는 여전사가 바로 차지연이었다.

그런 여자가 이렇게 애교 부리는 장면을 다른 대원들이 본다면 아마 기절할지도 몰랐다.

터키에서 시리아로 가는 길은 지독할 정도로 나빴다.

특히 무기를 인도받기로 한 '탈 아비야드'까지 천 킬로 정도는 비포장이었고, 차가 겨우 빠져나갈 정도로 최악의 도로였다.

그럼에도 청룡은 멈추지 않았다.

교대로 돌아가며 운전을 했고 나머지는 차에서 자가면서 끝없이 전진했다.

그랬기에 목적지에 도착한 것은 공항에서 떠난 지 꼭 125시간 만이었다.

현천기공을 익힌 청룡대원들의 강철 같은 체력이 아니었다면 불가능에 가까운 일이었다.

터키와 시리아의 국경 지대에 위치하고 있는 '탈 아비야드'에 도착하자 터빈을 머리에 둘러쓴 두 명의 사내가 마중을 나와 있었다.

미리 와서 그들을 기다리고 있던 국정원 요원들이었다.

그들은 강태산 일행이 도시로 들어서자 귀신같이 알고 찾아왔는데 '탈 아비야드'가 워낙 작은 소도시였기 때문일 것이다.

"오시느라 고생하셨습니다."

턱수염을 기른 사내가 강태산을 향해 인사를 해왔다.

하지만 자신의 정체는 밝히지 않았다.

강태산 역시 고개만 끄덕여 그의 인사를 받은 후 곧장 용건을 꺼냈다.

"물건은 어디 있습니까?"

"저희를 따라오시죠. 여기서 5분만 가면 됩니다."

국정원 요원들이 앞장을 섰고 그 뒤를 청룡이 탄 두 대의 지프차가 따랐다.

턱수염 사내의 말대로 채 5분이 걸리지 않은 곳에 차는 멈추었는데 제법 커다란 창고가 있는 건물이었다.

사내들이 말없이 차에서 내려 창고 쪽으로 움직이자 청룡대원들이 그들을 따라 움직였다.

그곳에서 강태산을 비롯한 청룡대원들은 특전사를 상징하는 전투복과 헬멧을 장착한 후 무기를 인도받았다.

태극기가 선명하게 새겨진 대한민국 특전사 전투복을 입어야 한다는 정보국장의 말을 들으며 쓰게 웃었다.

그 말의 의미가 무엇을 의미하는지 충분히 알기 때문이었다.

그럼에도 아무런 반발조차 하지 않았다.

뚜렷이 노출될 것을 알면서도 그렇게 주문한 것은 그들이 위험에 처할지라도 IS의 수뇌부를 공격한 것이 대한민국의 군인이라는 것을 전 세계에 알리기 위함일 테니 말이다.

전해 받은 무기는 최신형 K—5 소총을 비롯해서 개인당 오백 발의 탄약과 강력한 폭발력을 자랑하는 PO—300 유탄발사기, 최근 국방연구소에서 개발한 개량형 크레이모어 RE—23 등이었다.

거기에 야간투시경과 인공위성을 통해 본국과 직접 교신이 가능한 RF—425가 담겨 있었고 한 자루의 검은 칼이 포함되었다.

강태산이 현실로 돌아오면서 특별히 제작한 흑혈도였다.

흑혈도를 쓴 적은 별로 없었으나 강태산은 이번 임무를 맡으면서 서슴없이 흑혈도를 챙겼다.

모든 무기를 지프차에 실은 청룡대원들이 출발을 하기 위해 도열하자 그들이 준비하기를 기다리던 국정원 요원들이 악수를 청해왔다.

"이 모습이 당신들의 마지막이 아니기를 진심으로 바라겠소."

"그동안 우리 때문에 고생했습니다. 무사히 돌아가십시오."

"반드시 살아서 고국으로 돌아가기를 바랍니다."

턱수염 사내는 자신의 손을 놓고 돌아서는 강태산 일행을 바라보며 중얼거리듯 마지막 인사를 했다.

그의 눈에는 진심 어린 걱정이 담겨 있었다.

제8장
초토화

특전사 소속 707특임대 알파팀장 정시훈 대위는 뒤를 따르는 대원들을 향해 정지신호를 보냈다.

시리아로 긴급하게 파견된 부대는 그들 팀을 포함해서 3개 팀이었다.

그들은 707에서도 가장 강하다고 알려진 전사들로서 세계에서 벌어지는 분쟁에 참여해 혁혁한 성과를 올렸고 인질 구출과 특급 요인 경호에 최적화된 팀이었다.

사령관의 직접 지시로 알파팀을 포함해서 3개 팀이 시리아로 날아온 것은 7일 전이었다.

하지만 수송기는 IS가 장악한 지역으로 날아간 것이 아니라 시리아 정부군이 장악한 다마스커스의 외곽에서 그들을 떨어뜨렸다.

미국 측의 의도를 안 이상 위험을 최소화하기 위해서는 불가피한 전술이었다.

이틀간의 행군을 통해 IS의 영역에 진입한 그들은 야간을 이용해서 적들의 진영을 타격했다.

사령관이 전한 명령은 단 하나.

IS의 외곽을 때리면서 보름만 버티라는 지시였다.

상세 작전은 아무것도 없었다.

이상하고 의문에 가득 찬 작전이었으나 정시훈은 한마디 반문도 하지 않았다.

군인은 명령에 따르고 명령에 죽으면 된다.

정시훈 대위가 이끄는 알파팀은 지옥의 늪이라 불리는 티아스와 알카리엔 지역을 넘나들면서 7일 동안 10번의 전투를 치렀다.

티아스와 알카리엔을 연결하면서 지옥의 늪이라 불리는 벨트에는 IS의 윌리얏 중 최정예 부대 알카야와 알포렛이 집중되어 있었는데 병력 수는 거의 만여 명에 이르렀다.

중부와 서부에 몰린 병력까지 합한다면 시리아의 IS 주력 반이 이곳에 몰려 있다고 보면 된다.

다마스커스 인접 지역에 월리얏의 병력이 대거 포진한 것은 대한민국의 파병에 대비해서 완벽한 준비가 되어 있다는 것을 의미하는 것이었다.

전면전을 치른 것이 아니라 정해진 타깃만 타격하고 도주하는 방식의 전투였음에도 알파팀 10명의 대원 중 세 명이 목숨을 잃었고 두 명이 후송 조치되어 이제 남은 건 다섯 명뿐이었다.

팀원들이 죽어나갈 때마다 정시훈과 대원들은 피눈물을 흘렸다.

머나먼 타국 땅, 뜨거운 열사의 나라에서 눈조차 감지 못한 채 생을 마감한 부하들은 자신과 함께 오랜 시간을 같이 해 온 친구이자 동생들이었다.

오늘의 목표는 이곳에 온 이후 계속 눈여겨보고 있었던 놈들의 탄약고였다.

꽤 후방에 긴급하게 만들어진 것으로 보이는 탄약고는 상당한 규모를 지녔기 때문에 폭파만 성공한다면 엄청난 타격을 줄 수 있을 게 분명했다.

정시훈 대위가 손가락을 들어 희미하게 움직이는 적을 가리키자 맞은편에서 서 상사의 고개가 끄덕여졌다.

정시훈 대위도 나머지 대원들도 피로와 갖가지 부상으로 인해 엉망이 되어 있었으나 그들의 눈은 새파랗게 살아서 번쩍거렸다.

조국을 위해 목숨을 거는 신념.

그 신념이 머릿속에서 살아 움직이는 한 그들에게서 뿜어져 나오는 투지는 절대 사그라들지 않을 것이다.

정시훈 대위의 손짓에 서 상사와 김 중사의 손에서 대검이 뽑혀 나왔다.

폭파에 성공할 때까지 총을 쏴서는 안 된다.

경계병들을 소리 없이 제압하고 접근할 수만 있다면 이 작전은 성공할 가능성이 높아지게 된다.

*　　　　*　　　　*

알라크는 인구 삼만에 달하는 도시로 시리아 북부에서 세 번째로 큰 곳이었다.

물론 그 인구 중의 삼분지 일은 IS의 전사들이었으며 알라크에 주둔하고 있는 것은 시리아 전역을 통솔하고 있는 알 사미르의 친위대 바라크였다.

알 사미르의 지휘 벙커는 알라크의 북쪽 외곽 1㎞ 지점에 위치해 있었다.

핫산의 보고를 받은 알 사미르의 얼굴은 무섭게 굳어져 있었는데 분노가 머리끝까지 치민 모습이었다.

어제도 3군데서 한국의 특전사에게 기습 공격을 당해 많은 피해를 입었기 때문이었다.

"아직도 그 자식들을 못 잡았단 말이냐!"

"죄송합니다. 하지만 놈들은 쥐새끼들처럼 정부군의 영역으로 도망치는 바람에 매번 허탕을 칠 수밖에 없었습니다."

"놈들의 숫자는 이제 얼마나 남았나?"

"13명을 죽였으니 이제 반도 남지 않았을 겁니다."

"우리 쪽 피해는?"

"76명이 죽었습니다. 부상자는 21명이고 2개의 탄약 창고와 식량 저장소가 당했으며⋯⋯."

"그만!"

알 사미르의 손이 올라가며 핫산의 보고를 막았다.

그는 더 이상 듣기 싫은 듯 핫산의 입을 닫게 만든 후 골똘히 생각에 잠겼다.

미국 놈들은 한국의 특전사가 투입되는 예상 위치를 알려 왔으나 놈들은 전혀 다른 곳에 떨어졌기 때문에 미리 손을 쓸 수가 없었다.

한국 측에서도 미국 놈들이 움직이고 있다는 것을 어느 정도 눈치챘다는 뜻이다.

그랬기에 알 사미르는 시간이 갈수록 생각이 깊어졌다.

한국에 테러를 감행하면서도 일이 이렇게 번질 줄은 생각조차 하지 않았다.

전 세계에 IS의 이름으로 테러를 한 것은 수십 번이 넘었으나 대통령이 직접 나서서 파병을 하겠다고 설친 나라는 한국이 유일했다.

응징.

자국의 국민이 희생당했다는 이유로 복수를 하겠다는 뜻이다.

두렵지는 않았으나 의아함이 솟구치는 것까지 막을 수 없었다.

그가 알고 있기로 한국이라는 나라는 수없이 외세의 침공을 받아왔지만 보복을 한 적이 없었기 때문이었다.

IS의 지도자인 아부 바로스는 한국의 파병 결정에 단호한 성전을 지시했다.

그 이면에 담긴 뜻을 알기에 알 사미르는 앞으로 다가올 거대한 전쟁을 기다렸다.

세계만방에 IS를 하나의 국가로서 인정받는 방법으로 전쟁만큼 효율적인 것은 없다.

더군다나 이 전쟁은 한국이 아무리 강해도 질 수가 없는 전쟁이기 때문에 바로스는 세계 곳곳에 퍼져 있는 IS의 전사들에게 성전을 지시했던 것이다.

생각에 잠겨 있던 알 사미르의 입이 다시 열린 것은 그의 깊은 침묵에 핫산이 불안한 눈을 만들고 있을 때였다.

"미국 놈들은 소식이 없나?"

"그 이후로는 연락이 없습니다."

"돼지 같은 놈들. 한국조차 감당이 안 되면서 어부지리를 얻겠다고 설치다니 가소롭기 짝이 없다."

"한국의 변화가 있을 때마다 정보를 주겠다고 했으니 기다리는 게 좋겠습니다. 놈들이 원하는 게 뭔지 잘 알지만 절대 그렇게 되지 않을 겁니다."

"핫산, 이제 한국의 출병이 얼마 남지 않았다. 우리는 티아스와 알카리엔에 들어와 있는 쥐새끼들 때문에 시간을 허비할 수 없단 말이다. 앞으로 3일을 주겠다. 그 3일 동안 무슨 수를 쓰더라고 무조건 놈들을 잡아서 위대하신 알라신의 카바 앞에 시신을 매달도록, 알겠나!"

"그리하겠습니다."

＊　　　＊　　　＊

박무현 대통령이 파병에 대한 결정을 내리고 대국민 담화문까지 발표한 후 보름이나 지나서야 정부는 국회에 파병 결의안을 상정했다.

그동안 여당과 야당 국회의원들이 벌 떼처럼 일어나 파병 결의안의 조속 처리를 주장하며 압박해 왔으나 군의 준비가 부족하다는 이유와 우방과의 협조 체제 구축을 이유로 정부는 시간을 끌어왔다.

파병 결의안은 국민의 여론을 등에 업고 일사천리로 처리되었다.

최근 들어 이렇게 여야가 합심단결해서 순식간에 안건을 처리한 건 처음 보는 일이었다.

청와대 대통령 집무실.

집무실에는 박무현 대통령과 정 의장, 그리고 육참총장이 자리를 같이하고 있었다.

그러나 그들의 얼굴은 심각해서 웃음기가 전혀 들어 있지 않았다.

특히 박무현 대통령의 얼굴에는 아련한 슬픔까지 들어 있어 보는 사람의 마음을 아프게 만들 정도였다.

"어제도 다섯 명이 죽었다지요?"

"예, 대통령님. IS 측에서 우리 특전사 요원들을 잡기 위해 전력을 기울이고 있습니다. 그러다 보니 희생자가……."

"이제 몇 명이나 남았습니까?"

"열한 명입니다."

"모든 게 내 불찰이오… 내가… 그들을……."

육참총장의 대답에 박무현 대통령의 눈이 어두워져 가는

창가로 향했다.

창문을 바라보는 그의 눈에는 깊은 후회와 고뇌가 담겨 있었다.

그랬기에 육참총장의 눈도 따라서 붉어져 갔다.

"대통령님, 그들은 조국을 위해 산화한 것입니다. 그러니 너무 슬퍼하지 마십시오."

"이 작전은 모두 내 책임입니다. 그러니 내가 속죄해야지요. 이 일이 끝나면 내가 직접 그들의 가족들에게 가서 무릎을 꿇겠소."

"대통령님……."

대통령의 말에 육참총장이 말을 잇지 못했다.

그 역시 대통령과 비슷한 심정이었기 때문이었다.

박무현 대통령의 입이 다시 열린 것은 조용히 앉아 있는 정 의장을 바라본 후였다.

"정 의장님, 청룡은 지금 어디에 있습니까?"

"알라크 북쪽 5㎞ 지점에 도착했습니다. 곧 공격을 시작하겠다는 연락이 왔습니다."

"성공할까요?"

"그들은 분명히 성공할 겁니다. 그들을 믿으시지요."

"청룡이… 빠져나올 수 있는 확률은 얼마나 됩니까?"

"그게……."

"솔직히 말해주세요."

"죄송하지만, 10퍼센트 미만이라고 생각됩니다."

"그렇다면 그들도 돌아오기 어렵겠구려……."

*   *   *

국경 지대에 지프차를 버린 청룡대원들은 가급적 야간을 이용해서 알라크까지 행군으로 이동했다.

시리아 북부에 사는 사람들은 모두 IS 대원들이라고 봐도 되었으니 이번 작전의 성공을 위해서는 철저하게 노출을 피해야 했다.

특전사의 활약과 본국에서 도착할 병력을 막기 위해 대부분의 병력이 다마스커스 쪽으로 이동했어도 정체가 알려지는 순간 모든 것이 실패로 돌아갈 가능성이 컸기 때문이었다.

오 일 동안의 행군 끝에 알라크 북측 5㎞ 전방에 도착한 강태산은 낮 시간 동안 대원들에게 충분한 휴식을 주었다.

강태산은 대원들이 모두 현천기공을 돌리며 피로를 회복하는 걸 확인한 후 자신 역시 가부좌를 틀고 온몸으로 내공을 움직였다.

단전에서 시작된 내공이 중추와 지양을 타고 빠르게 움직이다가 뇌호와 강간에서 멈춘 후 단전으로 돌아왔다.

그리고 또다시 세맥을 차례차례 건드리며 전신에 산재되어 있는 기운들을 단전으로 끌어모으기 시작했다.

폭풍 같은 기운.

처음에는 조용하게 시작되었던 내공은 전신의 혈도를 거대한 파도처럼 흐르다가 단전으로 갈무리되었다.

눈을 떴을 때 이미 대원들은 편안한 자세로 휴식을 취하고 있었는데 그가 눈을 뜨자 유상철이 대뜸 말을 붙여왔다.

"대장님도 기공을 돌리신 겁니까?"

"그런데?"

"무려 세 시간이나 그러고 계셨습니다. 힘들지 않으셨습니까?"

유상철의 질문에 강태산이 그저 빙긋 웃고 말았다.

잠깐 눈을 붙인 것으로 여겨졌는데 세 시간이나 지났다고 하니 스스로도 믿어지지 않았다.

현천기공의 현묘한 위력이다.

현천기공은 몸이 피곤해졌을 때 오히려 더 강력한 위력을 나타낸다.

대원들이 의문에 찬 시선을 보내오고 있는 것은 그들에 비해 강태산의 운공 시간이 상대도 되지 않을 만큼 길었기 때문일 것이다.

유상철은 강태산이 그저 웃음으로 대답을 대신하자 답답

하다는 표정을 숨기지 못했다.

"시간도 그렇지만 대장님 머리에서 눈을 뜨시기 전에 연기 같은 게 나왔습니다. 그건 알고 계십니까?"

"사람 머리에서 왜 연기가 나와. 말도 안 되는 소릴 하고 있어."

"정말입니다. 저만 본 것이 아니란 말입니다."

유상철이 주변에 있는 대원들을 향해 동조해 달라는 시선을 보내자 여기저기서 머리가 끄덕어지는 것이 보였다.

그의 말대로 머리에서 하얀 김이 새어 나왔다는 뜻이다.

그랬기에 강태산은 머리를 갸웃거렸다.

현천기공이 칠성에 이르렀지만 절대 남 앞에서는 수련한 적이 없었기 때문에 이런 현상이 벌어졌다는 것은 처음 듣는 이야기였다.

최근 들어 점점 내공이 뇌호혈을 자극하고 있었는데 그것이 원인일 거란 생각이 들었으나 강태산은 곧 의문을 접고 대원들을 바라보는 시선에 힘을 실었다.

시간이 없었다.

최대한 서둘렀지만 당초 계획된 시간에서 반나절이 더 소요되었다.

오늘 밤 알라크에 있는 시리아의 지도자 알 사미르와 수뇌부를 잡겠다는 보고를 했기 때문에 본국에서는 간절하게 결과를 기다리고 있을 것이다.

"잘들 쉬었나?"

"예, 대장."

"그럼 지금부터 우린 알라크를 친다. 한두 번 해본 일이 아닐 테니 다른 이야기는 하지 않겠다. 당초 작전대로만 하면 놈을 죽이는 것은 일도 아냐. 정확히 세 시간 후에 우린 지금 이 자리로 돌아온다. 알겠나?"

"후퇴는 어떻게 합니까?"

"그건 돌아오면 알려주겠다."

불쑥 내민 최태양의 질문에 강태산은 얼굴을 굳히고 대답해 주지 않았다.

이번 작전은 공격보다 후퇴가 훨씬 어렵다.

공격을 끝내고 나면 IS의 전 병력이 그들을 잡기 위해 미친 듯이 움직일 게 뻔했기 때문이다.

만약 대원 중 누군가가 포로가 된다면 나머지 대원들의 생명도 위험에 처하게 된다.

물론 그럴 일은 없겠지만 말이다.

강태산은 대원들을 3개 조로 나누어 배치했다.

알 사미르의 친위대로 시리아에 산재된 윌리얏 중 가장 강하다고 알려진 바라크는 알라크를 중심으로 반경 5㎞ 내에서 포진하고 있었기 때문에 효율적인 후퇴를 위해서는 퇴로를 반드시 확보할 필요성이 있었다.

그랬기에 알라크 3㎞ 후방에 부대장인 유상철과 차지연을 남겼고 1.5㎞ 후방에는 최태양과 서영찬을 배치시켰다.

그리고 선봉에는 설민호와 김중환을 대동하고 강태산이 직접 나섰다.

설민호와 김중환은 청룡 내에서도 사격술이 가장 뛰어나서 500m 내의 적들은 일격에 명중시키는 실력을 지니고 있었다.

알 사미르와 수뇌부는 지하 벙커에 있을 공산이 컸다.

놈들은 테러를 전문으로 하는 집단이기 때문에 누구보다도 자신들의 안전을 우선으로 하는 성향이 짙었다.

강태산이 움직인 것은 하늘에 석양이 붉게 걸쳤다가 천천히 그 빛을 잃어버리기 시작할 때였다.

"가자!"

"대장님."

"왜?"

"혼자서 괜찮으시겠습니까?"

"내가 왜 혼자냐. 너희들이 있잖아. 엄호만 잘해주면 아무런 문제 없어."

"알겠습니다."

설민호가 걱정스럽게 물었다가 태연하게 대답하는 강태산

의 말을 듣고 무겁게 고개를 끄덕였다.

신화적인 존재.

청룡을 이끌면서 이미 신화가 되어버린 강태산은 그저 존재하는 것만으로도 그들에게 용기와 희망을 주기에 충분한 사람이었다.

그럼에도 걱정이 되었던 것은 바라크의 본진에 들어가 적들의 수뇌부를 암살하는 걸 강태산이 혼자 하겠다는 이유 때문이었다.

강태산의 능력은 안다.

하지만, 수를 헤아릴 수 없는 병력 속에서 홀로 사투를 벌일 강태산을 생각하면 저절로 마음이 무거워지는 걸 막을 수 없었다.

어둠이 내리자 알 사미르의 본진은 대낮처럼 불이 밝혀지기 시작했다.

전혀 틈이 보이지 않을 정도여서 사각지대를 찾아보기 힘들 정도였다.

그럼에도 강태산은 설민호와 김중환을 500m 전방에 남겨두고 등에서 K-5 소총을 꺼내 왼손에 들었다.

본진에는 이백에 달하는 월리얏 전사들이 움직이고 있었는데 경계병도 있었지만 식사를 마치고 휴식을 즐기는 자들도 많았다.

양쪽 어깨와 가슴에 선명하게 달려 있는 태극 마크.

대한민국 최고의 전사로 불리는 특전사의 전투복.

그 전투복을 입은 채 설민호와 김중환을 뒤로하고 강태산은 태을경공을 펼쳤다.

무시무시한 속도.

현실로 돌아오면서 태을경공을 극대화시켜 펼친 적은 거의 없었다.

작전을 수행할 때도 가급적 펼치지 않았기 때문에 그의 신법을 본 사람은 아무도 없었다.

뒤에 남겨져 있었던 설민호와 김중환이 찢어질 듯 부릅떠진 눈으로 귀신을 본 것 같은 표정을 지은 것은 강태산의 신형이 그야말로 순식간에 사라졌기 때문이었다.

사람의 능력으로는 절대 이해할 수 없는 경지.

그들도 태을경공을 펼칠 수 있었지만 강태산의 신법은 그 정도가 비교조차 되지 않을 만큼 엄청난 것이었다.

강태산은 전진하는 속도 그대로 적진을 살폈다.

좌에서 우로 스캔하는 그의 눈은 번개처럼 움직이며 수뇌부의 위치를 파악했다.

간단한 이치.

원래 높은 놈들은 자신들의 안위를 위해 상당수의 호위병을 두기 때문에 알 사미르의 위치는 금방 알아낼 수 있었다.

적들의 진지를 50m 앞에 두고 강태산은 온몸에 주렁주렁 매달려 있던 수류탄을 꺼내 들었다.

태을경공과 현천기공의 조화.

좌에서 우측으로 이동하며 그의 손에서 수류탄이 하늘로 날기 시작했다.

쾅… 콰쾅!

아마 IS의 전사들에게는 하늘에서 갑자기 떨어진 날벼락으로 여겨졌을 것이다.

오차 범위가 거의 없을 정도로 적들이 몰려 있는 곳을 향해 날아간 수류탄들이 굉음을 울리며 폭발했다.

사람들이 찢어졌고 비명 소리가 난무했다.

강태산은 한 곳에 머무르지 않았다.

적진을 돌면서 병력이 들어 있는 막사나 건물에는 여지없이 수류탄을 투척했다.

아수라장.

불과 5분도 지나지 않아 바라크 본진은 강태산이 던진 수류탄 공격에 엄청난 타격을 입었다.

뒤늦게 정신을 차린 적들이 미친 듯이 허공을 향해 기관총을 난사했으나 이미 반쯤은 넋이 나간 상태였다.

그런 놈들을 향해 강태산의 K—5가 불을 뿜었다.

돌진.

적들에게 강태산은 유령이었다.

태을경공을 펼치며 지그재그로 움직이는 강태산의 신형은 희미한 잔상만 남긴 채 자신을 노리는 총구의 범위를 빠져나갔다.

바라크군이 정신을 수습하고 공격해 온 강태산을 잡기 위해 미친 듯 총격을 가해왔으나 공격에 나선 것은 강태산뿐만이 아니었다.

어둠 속에서 귀신처럼 날아온 총탄이 강태산을 노리는 적들의 목숨을 빼앗았다.

일격일살.

어디서 날아오는지조차 모르는 총탄 세례에 수류탄 공격에서 살아남은 적들은 고개조차 들지 못할 정도의 공포에 빠져들었다.

강태산은 접근하면서 눈여겨보던 벙커를 향해 돌진했다.

이미 경계병들의 반은 수류탄 공격에 목숨을 잃고 여기저기 쓰러져 있었으나 10여 명이 건물 사이에서 은폐를 한 채 방어막을 형성하고 있었다.

시간이 없다.

여기서 지체를 하게 되면 근처에 진지를 형성하고 있는 바라크의 주력들과 부딪칠 가능성이 커진다.

그랬기에 강태산은 마지막 남은 수류탄을 참호에 숨어 있는 적들을 향해 던진 후 빠르게 벙커를 향해 파고들었다.

고개를 드는 적들을 향해 강태산의 K—5가 불을 뿜었다.

정확한 조준 사격.

그의 사격은 오차를 허락하지 않고 적들을 하나씩 제거해 나갔다.

마지막까지 살아남은 세 명의 적이 미친 듯 총격을 가해왔으나 강태산은 그대로 벙커의 문을 박차고 들어가며 공중으로 뛰어올랐다.

벙커 안에는 일곱 명의 전사들이 총구를 겨냥한 채 긴장된 표정으로 경계를 하고 있었으나 강태산을 맞히지 못했다.

상상하지 못할 높이로 강태산이 뛰어오르며 K—5를 난사했기 때문이었다.

비명… 비명 소리.

알 사미르의 호위병사들은 비어 있는 문을 향해 총을 쏘다가 차례대로 차가운 시멘트 바닥에 피를 뿜으며 쓰러져 갔다.

강태산의 등에서 흑혈도가 뽑히며 공간을 넘어 날아간 것은 알 사미르의 옆에 있던 핫산이 권총을 뽑아 들 때였다.

무서운 속도로 날아간 흑혈도가 핫산의 오른팔을 자른 후 회전을 하며 강태산에게 돌아왔다.

파산도법의 제삼초식 회륜겁이 펼쳐졌던 것이다.

뚜벅뚜벅.

강태산이 공중에서 착지하며 앞으로 걸어 나가자 가죽 의자에 앉아 있던 알 사미르의 표정이 시커멓게 죽었다.

대한민국 최정예 특전사 복장을 입은 강태산의 신위는 사람의 범주를 넘어서는 것이었다.

마치 알라의 환생을 본 것 같은 표정.

강태산은 K—5 소총을 들어 고통에 겨워 비명을 지르고 있는 핫산을 사살한 후 그대로 입을 열었다.

"알 사미르!"

"너는 누구냐?"

알 사미르가 물었으나 강태산은 그저 미소만 지었다.

놈이 하는 말을 알아듣지 못했으나 미리 입수한 사진과 놈의 표정만으로도 충분히 정체를 확인할 수 있었다.

그는 공포에 떨고 있는 알 사미르를 향해 총구를 겨누었다.

그런 후 천천히 마지막 인사를 남겼다.

"인샬라. 그동안 나쁜 짓 많이 했으니 이제 그만 가라. 죽어서 너희 신을 만나거든 지옥에서 온 마귀 강태산이 보냈다고 전해!"

강태산이 벙커를 빠져나오자 어둠 속에서 다시 총알이 날아오기 시작했다.

설민호와 김중환이 그를 엄호하기 위해 사격을 개시했기 때문이었다.

이미 바라크군은 혼란 속에서도 침입자를 잡기 위해 전열을 정비하고 있었는데 최정예 부대답게 금방 질서를 회복하는 중이었다.

강태산은 부하들의 엄호를 받으며 태을경공을 극으로 끌어 올렸다.

총알이 빗발치듯 그를 향해 날아왔으나 강태산은 잔영을 남기고 유유히 적진을 빠져나와 부하들의 곁으로 돌아왔다.

"준비됐나?"

"예, 대장."

"아직 시간이 있으니까 내가 명령할 때까지 기다려."

"알겠습니다."

적진 쪽에서 무수한 병력이 달려오는 것을 응시하며 강태산은 여유 있게 팔짱을 끼었다.

이미 설민호는 유일하게 가져온 중화기 M—825 중기관총을 설치한 채 총열을 가다듬은 상태였고 김중환은 PO—300 유탄발사기를 머리 위로 치켜든 채 적들을 노려보는 중이었다.

그러나 정말 치명적인 것은 그들의 전방 20m 앞에 RE—23 크레이모어 한 세트가 적 방향을 향해 설치된 채 악마의 미소를 짓고 있다는 것이었다.

현천기공이 바탕이 된 태을경공은 범인의 상상을 초월할 정도로 빠르다.

그랬기에 그가 부하들에게 돌아와 지시를 내렸을 때 적들은 이제 막 진지를 빠져나오는 중이었다.

병력을 가득 실은 트럭이 굉음을 울렸고 기관총을 탑재한 지프차들이 앞장서며 미친 듯이 달려 나오는 것이 보였다.

그 뒤를 보병대가 뛰었고 적 진지에서는 대전차미사일이 어둠을 향해 무차별적으로 날아오고 있었다.

콰앙! …쾅!

목표를 잃어버린 대전차미사일이 전방과 후방에서 터졌으나 강태산은 묵묵히 적들이 다가오기를 기다렸다.

얼마의 시간이 지났을까.

그의 손에서 RE—23 크레이모어의 격발 스위치가 눌러진 것은 적들의 선두가 50m 전방까지 다가왔을 때였다.

우우웅… 콰광.

천지를 진동시키는 굉음. 그리고 하얀 빛줄기.

수천 발의 강철 구슬을 내장한 크레이모어가 적들을 향해 쏟아져 나갔다.

앞장서서 달려오던 지프차가 허공을 향해 날아올랐다가 땅바닥으로 처박혔고 병력을 잔뜩 실은 트럭은 달려오던 기세를 이기지 못하고 방향을 비틀며 전복되었다.

그러나 가장 큰 피해를 입은 것은 보병들이었다.

초토화.

선두에 섰던 병력은 막강한 크레이모어의 위력에 아작이 난 채 싸늘한 지옥도를 연출했다.

하지만 진짜 지옥은 그때부터였다.

뚜두두두… 부르르륵… 콰앙… 콰앙!

설민호가 겨냥하고 있던 M—825 중기관총이 불을 뿜었고 김중환은 연속해서 이십여 발의 유탄을 쏘아 올렸다.

크레이모어의 위력도 대단했지만 국방연구소에서 개발한 PO—300 유탄발사기의 위력도 엄청났다.

적들의 머리 위에서 터지며 수백 개의 파편을 한꺼번에 쏟아붓는 PO—300의 위력은 적들을 초토화시킬 정도로 충분히 강력한 것이었다.

강태산이 후퇴 명령을 내린 것은 설민호가 300여 발의 실탄을 모두 퍼부은 후였다.

제9장
외로운 전쟁

알 사미르가 이끄는 바라크의 병력은 만 명에 가까웠고 시리아에 존재하는 IS 윌리얏 중 가장 강한 부대였다.

시리아 내 최고 지도자인 알 사미르의 호위 병력이 주둔한 본진 병력은 오백 명에 가까웠으나 강태산 일행의 공격으로 거의 삼백 명이 지옥의 문턱을 넘어섰다.

본진은 엄청난 타격을 입어 청룡을 추격할 엄두조차 내지 못했으나 주변에 주둔하고 있는 바라크의 부대들은 최정예답게 즉시 추격전을 펼치기 시작했다.

물론 그 이면에는 이라크에 머물고 있는 IS의 수반 아부 바로스의 지시가 있었기 때문이었다.

알 사미르가 암살당했다는 소식을 듣자마자 그는 시리아 내에 존재하고 있는 모든 부대들에게 무슨 일이 있어도 강태산 일행을 처치하라는 명령을 내렸던 것이다.

제일 먼저 움직인 것은 알라크 서쪽에서 천 명의 전사들을 이끌고 방어선을 형성하고 있던 카이롯 디인이었다.

그는 바라크 부대의 서열 3위로서 핫산에 이어 알 사미르의 수족이나 다름없는 자였다.

각종 장비와 병력을 이끌고 본진에 도착한 카이롯 디인은 처참하게 변해 버린 파괴의 현장을 본 후 놀라움을 금치 못했다.

정부군과 수없이 많은 전투를 벌였지만 이렇게 일방적으로 당한 전투는 한 번도 없었기 때문이었다.

급하게 벙커를 찾아들어 간 그는 벌집이 되어 죽어 있는 알 사미르와 핫산의 죽음을 확인한 후 시신을 붙잡고 통곡을 터뜨렸다.

알라의 이름으로 모였고 평생을 같이하며 동고동락하던 형제들의 죽음은 땅이 무너지는 것과 같은 아픔과 고통을 그에게 선사했다.

분노.

그렇다. 그의 가슴속에 슬픔을 밀어내고 들어찬 것은 반드시 복수하겠다는 분노뿐이었다.

강태산은 2진과 3진을 구성하고 있던 나머지 대원들을 이끌고 급하게 처음 도착했던 곳으로 이동했다.

만약을 대비해서 설치했던 크레이모어를 회수하느라 시간이 지체되었으나 계획된 시간보다 늦지는 않았다.

강철 같은 체력.

그들은 개인화기는 물론이고 수류탄과 크레이모어, 2정의 중기관총을 휴대하고도 5㎞를 이동하는 데 걸린 시간은 10분에 불과했다.

강태산이 가르친 현천기공과 태을경공의 힘이다.

원래의 자리로 돌아온 대원들은 강태산의 지시로 잠시 휴식을 취했지만 얼굴에는 긴장이 풀리지 않았다.

아직 위험이 가시지 않았기 때문이었다.

"대장님, 이제 어디로 이동할 생각이십니까?"

대원들을 대표해서 부대장인 유상철이 물어왔다.

후퇴로를 묻는 것이다.

터키 국경이 목표라면 그들이 퇴각하는 데 걸리는 시간은 왔던 것처럼 이틀이면 충분하다.

물론 적들의 포위망이 집중되겠지만 그 길이 가장 단거리였고 범위도 넓어 후퇴하는 데는 최적이었다.

유상철이 후퇴로를 물은 것은 이제 임무를 완수했으니 마지막 행동 강령을 듣기 위함이었다.

하지만, 강태산의 입에서는 전혀 의외의 말이 흘러나왔다.

"나는 지금부터 3일 동안 알라크 지역을 벗어나지 않을 생각이다."

"그게… 무슨 말씀이십니까?"

"우리가 아직 이 옷에 걸맞은 행동을 하지 못했기 때문이다."

강태산은 자신이 입고 있는 특전사의 제복을 가리킨 후 대원들을 향해 형형한 눈빛을 보냈다.

그러자 유상철의 얼굴이 일그러졌다.

"혹시, 대통령께 드릴 명분 때문입니까?"

"그렇다. 이대로 간다면 미국의 사주를 받은 개들이 벌 떼처럼 일어날 것이다."

"IS의 지도부를 전부 사살했는데도 말입니까?"

"정치는 국민을 속이는 짓이다. 미국이 입을 닫고 정치인들이 거든다면 우리가 그자들을 죽인 게 세상에 노출되지 않을 수도 있다."

"그럴 리가요."

"나는 뒤늦게 후회하는 짓을 하고 싶지 않다. 이 제복을 입은 채 당당하게 싸울 생각이다. 온 세계의 이목이 한꺼번에 쏠릴 때까지 말이다."

단호한 목소리.

그의 음성은 그쳤으나 대원들의 귓가에는 계속해서 맴돌 만큼 강렬한 것이었다.

놀라움에 젖었던 대원들의 표정이 서서히 바뀐 것은 강태산이 그들에게서 눈을 돌려 어둠에 젖어 있는 알라크의 하늘을 바라볼 때였다.

시리아의 하늘에는 수많은 별들이 깨알같이 박혀서 그들을 내려다보고 있었다.

유상철은 강태산의 말이 무슨 뜻인지 알 것 같았기에 서서히 묵직한 신음을 흘렸다.

상부에서 그들에게 특전사 제복을 입으라고 지시한 것은 대한민국이란 나라가 IS의 인질에 대한 참수와 테러에 대해 어떤 응징을 가하는지 전 세계에 알려주기 위함이었다.

하지만, 타깃을 사살해야 된다는 목적이 우선되어 야간공격을 감행했기 때문에 그들의 모습은 어디에도 잡히지 않았다.

반 토막의 성공이라는 뜻이다.

그러나 아무리 그렇다 해도 강태산의 말처럼 3일이란 시간을 버틴다는 것은 너무나 위험한 짓이다.

만약 상부의 지시에 그것까지 포함되어 있다면 청룡을 죽음으로 몰아넣겠다는 의미나 다름없는 것이었기에 유상철과 대원들의 눈에는 언뜻 분노가 피어올랐다.

강태산을 따라 하늘을 바라보는 유상철의 목소리는 차분하게 가라앉아 마치 속삭이듯 들릴 정도로 작았다.

"상부의 생각입니까, 대장님의 생각입니까?"

"나의 독단적인 결정이다."

"그렇군요."

"무모하다고 생각하나?"

"위험할 겁니다."

"알아. 싫으면 거부해도 된다. 목숨은 하나고 이것은 내 개인적인 결정이기 때문이니 너희들에게 강요하지는 않겠다."

"쪽팔리게 왜 이러십니까. 우리야 대장님이 한다면 무조건 따릅니다. 몸통이 움직이는데 팔다리가 따로 갈 수 있겠습니까."

"크크크… 그냥 해본 소리였다. 그러니까 인상 쓰지 마. 넌 인상 쓰면 더 못생기게 보여."

유상철의 말에 강태산의 입에서 기괴한 웃음소리가 흘러나왔다.

하지만 그런 웃음이 흘러나온 것은 나머지 대원들도 마찬가지였다.

한마음, 한 몸으로 살아온 세월.

수없이 많았던 위험한 작전 속에서 그들은 서로를 믿었고 목숨을 내어줄 수 있는 신의 속에서 살아왔다.

죽음.

죽음에 대한 두려움은 아무것도 아니다.

청룡대원들의 삶은 언제나 그래왔으니 서로를 위해 죽을 수만 있다면 죽음이 눈앞에 다가온다 해도 이렇게 웃을 수 있기 때문이다.

*　　　　*　　　　*

이태원 CIA 지부.

리차드가 미친 듯이 방문을 열어젖히고 달려 들어온 것은 윌리엄스가 점심을 먹은 후 한 잔의 커피와 함께 여유를 즐기고 있을 때였다.

어제저녁 무기 수출을 위해 내한한 방산업체의 임원들과 한국에서 가장 유명하다는 강남의 룸살롱에서 코가 삐뚤어지게 마셨기 때문에 아직도 머리가 깨질 듯이 아픈 상태였다.

"뭐야!"

"지부장님, 큰일 났습니다."

"이 사람이, 숨 좀 쉬고 말해. 도대체 왜 그러는 거야!"

윌리엄스는 얼굴을 찌푸린 채 연신 숨을 헐떡거리는 리차드를 노려봤다.

순식간에 불안한 기운이 피어올랐다.

리차드는 그가 오랜 세월 같이 일했지만 지금처럼 서두른 적이 한 번도 없는 사람이었다.

그랬기에 그는 자신의 앞에 급히 노트북을 내려놓는 리차드를 바라보며 편안하게 뉘었던 몸을 바짝 끌어 올렸다.

"지부장님, 시리아를 장악하고 있던 알 사미르와 IS의 지도부가 전부 죽었습니다."

"죽어? 왜?"

"일단 화면을 보시죠."

윌리엄스의 반문에 리차드가 노트북을 열어 CIA의 시크릿 주소를 때렸다.

그러자 단순하게 디자인된 전자 회사의 홈페이지가 열리며 로그인을 알리는 화면이 떴다.

리차드가 빠르게 아이디와 패스워드를 치고 들어가자 이번에는 특수기호와 숫자들이 빼곡하게 화면으로 올라왔다.

이중으로 설치된 암호 체계.

CIA의 로고와 함께 본 화면이 열린 것은 가슴에서 동그랗게 생긴 물건을 꺼내서 일일이 확인한 리차드의 손이 빠르게 움직인 후였다.

그들이 나사가 보유하고 있는 인공위성 캡처 동영상을 볼 수 있었던 것은 그러고도 한참이 지나서였다.

화면은 컴컴한 어둠뿐이었다.

그러나 조금의 시간이 지나자 불꽃이 수없이 피어오르기 시작했다.

그러한 불꽃들은 30여 분간 지속되다가 잠잠해졌는데 마치 컴퓨터의 배경화면을 보는 것과 같았다.

누군가 아무것도 모른 채 이 화면을 봤다면 그저 누군가 장난친 동영상이라 생각했을 것이다.

"이게… 알라크의 바라크 본진이란 말이냐?"

"그렇습니다. 우리 IP—300 위성에서 찍은 겁니다."

IP—300은 미국의 최신형 군사위성이었다.

초정밀도와 고해상을 자랑하는 IP—300은 지나가는 개미 새끼까지 육안으로 확인할 수 있을 정도로 완벽한 성능을 지녔다.

윌리엄스의 목소리가 떨려 나온 것은 플레이가 멈추면서 화면이 정지되었을 때였다.

"그자들의 죽음은 누가 확인했나?"

"우리 쪽에서 IS에 심어놓은 정보원이 직접 확인했습니다. 정보원의 말로는 바라크의 본진이 완전 초토화되었다고 전해 왔답니다."

"음… 도대체, 누가 그들을 죽였단 말이냐?"

"한국의 특전사들입니다."

"무슨 그런 말도 안 되는… 707은 티아스와 알카리엔에 있잖아!"

"707은 분명히 거기에 있습니다. 하지만, 알라크를 친 병력은 분명 특전사가 맞습니다. 이 화면을 보시면 알게 되실 겁니다."

리차드의 손이 다시 움직이자 화면이 바뀌면서 시리아의 지도가 나타나더니 차츰 확대되면서 알라크 지역을 비추었다.

그러고는 점점 땅을 향해 화면이 커져 나가기 시작하면서 사람들의 모습이 나타났다.

거기에는 7명의 특전사 대원들이 IS의 전사들을 해치우고 빠른 속도로 이동하는 장면이 보였다.

IP—300에서 실시간으로 송출되는 동영상이 분명했다.

"이놈들입니다."

"으… 이 자식들이……."

윌리엄스의 입에서 저절로 억눌린 신음 소리가 새어 나왔다.

분명 그들이 입은 옷은 대한민국의 특전사를 상징하는 전투복이었기 때문이었다.

어제 마신 술이 문제가 아니었다.

리차드의 말대로 특전사가 IS의 서열 2위이자 시리아 책임자인 알 사미르를 죽인 게 확실하다면 지금까지 들인 공은 연기처럼 사라질 게 뻔했다.

어쩐지 이상하다고 했다.

여우처럼 자신의 그물을 빠져나가던 박무현이 너무 쉽게 덫에 걸린 것이 찜찜했는데 놈들은 자신들의 의중을 눈치채고 이중 삼중의 전략을 수립한 것이 분명했다.

그동안 707이 시리아의 외곽 지역을 맴돌며 차례대로 소멸하는 장면을 보면서 더 이상 신경 쓰지 않았다.

IS의 지도부를 건드리지 못하는 한 어차피 놈들은 소모품에 불과했기 때문이었다.

그런데 이런 끔찍한 일이 생기고 말았다.

심장이 미친 듯이 뛰고 머리가 폭발할 것처럼 아파왔으나 그는 이를 악물고 화면을 노려보았다.

여우 새끼들처럼 전장을 빠져나가는 한국의 특전사들은 당장에라도 때려죽여도 시원찮을 놈들이었다.

분노가 머리끝까지 올라왔으나 그는 이 상황에서도 냉정을 잃지 않았다.

"리차드, 이 화면을 누가 봤지?"

"본국에서는 이미 국장님께 보고된 걸로 알고 있습니다. 아마, 지금쯤 상부에서도 알고 있을 겁니다."

"그렇다면 내가 국장님하고 통화를 하겠다. 이 장면이 노출
되는 순간 우리의 계획은 물거품이 되고 만다. 어떡하든 막
아놓을 테니까 너는 최대한 빨리 IS 측에 놈들의 위치를 알
려주도록."

"어쩌실 생각이십니까?"

"놈들만 죽이면 알 사미르의 죽음이 알려지는 걸 막을 수
있다. 그리되면 박무현이 아무리 떠들어도 파병은 계속 진행
될 수 있어."

"그게 가능할까요?"

"다시 한 번 개들을 풀면 된다. 박무현이 파병이 두려워 변
명을 하는 것으로 몰아붙이면 바뀌는 것은 아무것도 없어.
증거가 없는 한 놈들은 어쩔 수 없을 거다."

"알겠습니다."

*   *   *

알 사미르가 사살된 이틀 후.

슬금슬금 인터넷의 SNS를 통해 소문이 떠돌기 시작했다.

한국의 특전사가 IS의 시리아 지도부를 완벽하게 때려잡았
다는 글들이 올라왔던 것이다.

사람들은 처음엔 그런 소문을 믿지 않았다.

너무나 터무니없는 일이기 때문이었다.

정부에서는 아직 파병 준비조차 마무리되지 않은 상태였는데 갑작스럽게 특전사가 공격을 해서 IS의 수뇌부를 사살했다는 것은 절대 믿기지 않는 사실이었다.

하지만 시간이 흐르면서 완벽하게 파괴된 IS의 본진 사진까지 캡처된 SNS가 빠르게 퍼지면서 사람들은 술렁거리기 시작했다.

이것이 사실이라면 환호를 보내기에 충분하고도 남기 때문이었다.

대한민국의 국민들은 꿈속에서도 그렇게 되기를 간절히 원했다.

파병을 하지 않고도 복수를 할 수 있었다면 국민들은 그런 극단적인 선택에 지지를 보내지 않았을 것이다.

처음의 글들이 과장되게 전파되면서 인터넷은 순식간에 아수라장으로 빠져들었다.

일대 혼란.

말 그대로 전 국민은 인터넷에 떠도는 소문으로 인해 거대한 혼란에 사로잡혔다.

그러나 그러한 혼란은 다음 날 CNN이 전 세계로 충격적인 긴급 속보를 타전하면서 극에 달하고 말았다.

　　　　　＊　　　　　＊　　　　　＊

　시리아의 수도 다마스커스에 파견 나가 있는 CNN 기자 앨런 토니는 촬영 기자 앤드슨과 함께 오랜만에 호텔로 돌아와 식당부터 찾았다.

　오랫동안 제대로 된 식사를 구경하지 못했으니 뱃속에서 밥벌레들이 밥 달라고 아우성을 치는 중이었다.

　한국의 파병 일자가 다가오면서 IS의 월리얏 부대들이 접경 지대로 이동해 왔기 때문에 긴장은 고조될 대로 고조된 상태였다.

　그런 와중에 한국의 특수부대들이 지옥의 벨트로 불리는 티아스와 알카리엔 일대에서 게릴라전을 펼친다는 비밀 정보가 입수되어 최근 열흘 동안 그는 한 번도 호텔에 돌아오지 못했다.

　정보는 사실이었다.

　전투가 벌어지는 현장을 직접 취재하지 못했지만 싸움이 끝난 후의 충격적인 모습은 고스란히 화면에 담았다.

　전투 현장에는 수많은 IS 전사들은 물론이고 가끔가다 한국 특전사의 죽음도 발견할 수 있었다.

　특종이다.

아직 파병 전인 한국에서 비밀리에 특전사를 보내 게릴라 전을 펼친다는 정보가 은밀하게 돌았지만 취재에 성공한 것은 자신이 유일했다.

생생한 지옥의 현장.

더불어 은은하게 들려오는 총격.

영상에는 그 모든 것과 자신의 목소리가 담긴 멘트들이 생생하게 담겨 있었다.

이제 이 영상이 본국으로 송출되어 전 세계로 방송만 된다면 자신은 퓰리처상을 받게 되는 영광을 누릴지도 몰랐다.

그랬기에 마음이 급했다.

연한 스테이크의 육질을 제대로 음미하지 못하고 입 구멍으로 쑤셔 넣은 건 빨리 객실로 올라가 영상을 보내야 한다는 욕망이 너무나 강했기 때문이었다.

하지만 그런 그의 바람은 러시아 제1신문 콤소몰스카야 프라우다의 옐첸이 찾아오면서 산산이 조각나 버리고 말았다.

옐첸은 3년 전 이곳 중동 담당 기자로 오면서 만났는데 사람이 화통해서 친하게 지내는 사이였다.

"토니, 지옥의 벨트에 갔다 왔다더니 꼴이 말이 아니군."

"오랜만이야. 잘 지냈나?"

"그래, 특종은 건졌어?"

옐첸이 물었으나 앨런 토니는 그저 웃음만 지은 채 대답을 하지 않았다.

어떻게 잡은 특종인데 알려줄 수 있단 말인가.

하지만 옐첸의 눈치는 비상했다.

"건진 모양이군. 그런데 말이야, 토니!"

"말해."

"네가 건진 특종이 혹시 한국 특수부대의 게릴라전을 다룬 거라면 굳이 입 다물 필요는 없어."

스테이크를 씹던 앨런 토니가 인상을 썼다.

자신이 취재한 것은 일급비밀이었는데 옐첸은 대수롭지 않은 듯 말했기 때문이었다.

그럼에도 순순히 인정하면 안 된다.

베테랑 기자들은 짐작만으로 찔러보는 경우가 왕왕 있기 때문에 쉽게 인정하면 뒤통수를 맞을 수도 있었다.

"난 뭔 소리를 하는지 모르겠군. 옐첸, 아직 식사 전이면 같이 밥이나 먹어. 헛소리 그만하고."

"토니, 나는 밥을 먹었다. 그리고 나를 만만하게 보지 마라."

"지금 나한테 시비 거는 거야? 나 오랫동안 현장에서 뛰다 왔기 때문에 무척 피곤하니까 용건 없으면 그만 가봐. 나중에 한가할 때 술이나 한잔하자."

"널 오늘 하루 종일 기다렸다. 토니, 네가 물어 온 것은 특종도 아니다. 진짜 특종은 따로 있어."

"뭔 소리야?"

"먼저 약속을 해라. 그러면 가르쳐 줄 테니."

"무슨 약속?"

"다마스커스에 CNN이 보유하고 있는 헬기가 있다는 소릴 들었다. 거기에 나도 같이 타자."

"특종을 나눠 먹자는 얘기냐?"

"맞아."

옐첸의 표정은 평소의 부드러운 얼굴이 아니라 잔뜩 굳어져 꼭 전장에 나가는 사람처럼 보였다.

기자의 감각이 미친 듯이 사이렌을 울린 것은 그의 분위기가 너무나 진지했기 때문이었다.

러시아에서 발행 부수 1위를 차지하고 있는 신문의 베테랑 기자가 농담을 하기에는 이곳의 상황이 너무나 심각했다.

특종은 일생에 한번 찾아온다는 복권 당첨과 같은 것이고 그런 기회를 잡지 못하는 기자라면 평생 특종을 잡는 건 불가능에 가깝다.

그랬기에 앨런 토니는 눈을 잔뜩 찡그린 채 한동안 옐첸을 노려봤다.

그의 입이 다시 열린 것은 옐첸의 눈에서 강한 진실이 읽어졌을 때였다.

"좋다, 옐첸. 네 말이 그럴 정도의 가치가 있다면 그렇게 하겠다."

*　　　*　　　*

저녁 7시 30분.

세 개의 공영방송은 정규 프로그램을 중단한 채 긴급 속보를 동시에 내보냈다.

화면에는 지옥으로 변해 버린 알라크 지역이 방송되고 있었는데 화면 하단에는 CNN의 커다란 로고와 함께 앨런 토니라는 이름이 뚜렷하게 적혀 있었다.

주요 내용은 간단하면서도 충격적인 것이었다.

시리아를 통제한 채 지휘하던 IS의 지도자 알 사미르와 수뇌부가 암살당했다는 것이며 그들을 친 것이 대한민국의 특전사라는 내용이었다.

그것을 증명이라도 하듯 CNN에서는 티아스와 알카리엔 일대에서 발견된 특전사의 시신을 고스란히 보여주며 아직까지 일부 병력이 남아서 IS 측과 교전 중이라는 사실을 중점적으로 보도했다.

긴급 속보가 나간 후 언론은 물론이고 대한민국의 국민들은 모두 벌 떼처럼 일어섰다.

정부 측에 공식적인 입장을 밝혀달라는 열화와 같은 요구였다.

외교부는 물론이고 정부 부처라면 어디든 국민들의 전화가 빗발쳤고 심지어 경찰서와 파출소까지 전화통에 불이 날 지경이었다.

택시 운전사 김 씨는 한참 동안 핸드폰에 귀를 기울이다가 씩씩거리며 전화를 끊었다.

그런 후 옆에서 기다리던 박 씨를 향해 거품을 물었다.

"이거 어떻게 전부 통화 중이 걸려. 지금이 몇 신데 통화중이 걸리냐고!"

"이놈아, 벌써 저녁 8시가 넘었다. 걔들은 퇴근 안 했겠어?"

"이런 비상시국에 퇴근은 무슨 퇴근이여. 너는 안 봤냐. 눈을 뜬 채 죽어 있던 우리나라 특전사 모습 말이다. 아이, 씨발. 다시 생각해도 가슴 아프네."

"말하지 마라. 막상 생각하니 아직도 눈물 날라고 그런다."

"당최 어떻게 된 건지 궁금해서 미치겠네. 정부 이놈들은 도대체 뭐 하는 거야!"

김 씨가 뜨거운 콧김을 뿜어내며 담배를 빼어 물었다.

담배 연기를 길게 뿜어내는 그의 얼굴에는 답답함과 안타까움이 동시에 들어 있었는데 방송 화면에서 잡힌 특전사의 얼굴이 아직까지 생생하게 생각났기 때문이었다.

서러운 눈망울.

이역만리 타국에서 그 젊은이는 눈을 감지도 못한 채 싸늘한 시신이 되어 맨땅에 잠들어 있었다.

김 씨는 정부를 욕하기 위해 한 시간이 넘도록 전화를 건 것이 아니었다.

텔레비전에서 새로운 소식이 나오길 학수고대했지만 캄캄 무소식이었기 때문에 급한 성질을 참지 못하고 전화를 했던 것이다.

그 역시 참수 동영상과 테러로 인해 수많은 사람들이 죽은 것을 보면서 파병에 찬성을 했다.

당한 만큼의 보복을 원했다.

힘없어서 당한 것은 조상들로 충분했으니 당당하게 나서서 놈들을 응징하고 싶었다.

하지만 막상 CNN을 통해 젊은 특전사의 시신들을 보자 가슴이 무너져 내렸다.

얼마나 많은 젊은이들이 죽었는지 알 수가 없다.

화면에 나온 특전사의 시신은 다섯 구에 불과했지만 어쩌면 그곳에는 몇 배, 아니, 몇십 배에 달하는 특전사가 눈을 감지 못하고 잠들어 있을지도 몰랐다.

그러나 더욱 그를 미치게 만드는 것은 아직도 이 땅의 젊은이들이 열사의 사막에 남아 수없이 많은 광신도들과 싸우고 있다는 것이었다.

"김가야, 나온다, 나와. 대통령께서 직접 담화문을 발표하신단다."

"뭐야!"

벽을 본 채 담배를 피우면서 생각에 잠겨 있던 김 씨가 텔레비전을 지켜보던 박 씨의 말에 펄쩍 뛰면서 소파로 달려들었다.

텔레비전에서는 아나운서 앵커가 빠르고 긴장된 목소리로 잠시 후에 대통령의 특별 담화문이 있다는 보도를 하면서 붉은 얼굴을 한 채 홍분에 젖어 있는 것이 보였다.

*   *   *

수많은 카메라의 플래시를 받으며 박무현 대통령은 침중한 얼굴로 청와대 춘추관에 있는 기자실에 들어섰다.

기자실에는 수많은 방송 카메라와 기자들로 인해 인산인해를 이루고 있었는데 외신 기자들도 가득 들어차 있었다.

박무현 대통령은 일체의 격식도 차리지 않고 곧장 단상으로 올라갔다.

그의 손에는 아무것도 들려 있지 않았다. 미리 준비한 원고가 없다는 뜻이다.

"친애하는 국민 여러분. 먼저 심려를 끼쳐 드린 점 먼저 머리 숙여 깊이 사과드립니다. CNN에서 보도한 내용은 사실입니다. 저는 IS가 벌인 일련의 사태를 보면서 대한민국의 대통령으로서 많은 슬픔과 고통을 맛보았습니다. 그렇기에 국민 여러분의 여론을 받아들여 파병이란 단호한 결정을 하게 되었습니다. 파병을 통해 IS가 벌인 천인공노할 짓에 대해 몇 배, 아니, 몇백 배 보복을 하고 싶었습니다. 하지만, 국민 여러분. 저는 대통령으로서 파병이란 결정을 한 후 많은 날들을 불면 속에서 고민에 고민을 거듭했습니다. 이 땅의 수많은 젊은이들이 열사의 땅에서 죽어갈 생각을 하면 가슴이 아파서 견딜 수가 없었기 때문이었습니다. 그래서 저는 파병과 별도로 또 하나의 선택을 하게 되었습니다. 우리나라 최고의 특수부대인 특전사로 하여금 IS의 지도부를 처단하는 작전을 별도로 시달하게 된 것입니다. 파병 없이 그자들에 대한 응징을 할 수만 있다면 그것이 최선의 선택이라 믿었습니다. 다행스럽게 용맹한 특전사의 장병들은 알라크에 있는 IS의 본진을 공격해서 인질을 잡아 참수하고 지하철 테러를 일으켜 수많은 사람을 죽게 만든 장본인, 알 사미르와 IS 지도부를 일망타진하는 성과를 이루게 되었습니다. 목숨을 잃으면서까지 대한민국의 영광과 자존심을 위해 싸워준 특전사 장병들께 진심으로 감사드립니다. 그분들께는 최고훈장과 더불어 국민들의 뜻을 모아 충분한 보상이 이루어질 것이며 역사에 길이 남는 영웅들로 기억할 수 있도록 조치할 생각입니다. 또한, 저는 이 자리를 빌려 대한민국의 대통령으로서 시리아로의 파병을 철회하겠다는 것을 국민 여러분께 말씀드리는 바입니다. IS의 지도부를 모두 처단한 이상 이제 파병은 무의미합니다. 하지만, IS가 이번 일로 대한민국에 어떤 위해라도 가한다면 그들의 지도부를 일망타진한 것처럼 어떤 도발에도 단호하게 대처할 것이란 걸 분명히 약속드리겠습니다. 감사합니다."

박무현 대통령이 말을 마치고 인사를 하자 수많은 기자가 손을 들었다.

비록 담화문 형식을 통해 내용 설명을 들었지만 아직 궁금한 것은 쌔고 쌨기 때문이었다.

대통령이 가장 앞줄에 있는 대한신문 기자 양호섭을 지명하자 그가 자리에서 벌떡 일어났다.

"대통령님, CNN 측에서 보도된 화면에는 우리 특전사 병력의 대부분이 티아스와 알카리엔 지역에서 사망한 것으로 나왔습니다. 그곳은 알라크와는 200km 이상 떨어진 곳인데 IS 지도부를 사살한 것도 특전사가 확실합니까?"

"우리 특전사는 양쪽에서 적들을 공격했습니다. 알라크를 친 것은 특전사 최고 부대인 707특임대였습니다."

"그럼, 지금 IS 측에 쫓기고 있는 우리 쪽 병사들이 그들입니까?"

"그렇습니다."

박무현 대통령이 수긍을 하자 지명을 하지 않았는데도 뒤쪽 열에 있던 명문일보 기자가 자리에서 벌떡 일어났다.

"저는 오늘 CNN 측과 긴급 통화를 했습니다. 확인 결과 그 병사들은 수많은 IS 부대에 둘러싸여 싸우고 있기 때문에 생명이 위험하다는 소식을 들었습니다. 그들을 구출할 방법은 강구하시고 계십니까?"

"군에서는 그들을 구출하기 위한 계획을 가지고 있습니다. 자세한 것은 이 자리에서 말씀드리지 못하는 점 이해해 주십시오."

"대통령님……."

그 후로도 십여 분간 질문이 계속된 후 박무현 대통령은 바쁜 일정을 이유로 자리를 떴다.

하지만, 기자회견을 마치고 걸어 나가는 그의 얼굴은 여전히 수심이 가득 차 보는 사람을 안타깝게 만들 정도로 초췌하게 보였다.

*   *   *

다음 날 아침 청와대 집무실.

대통령과 독대를 하고 있는 정 의장의 모습도 며칠 만에 반쪽이 되어 있었다.

그는 커피를 마셨지만 그 행동이 꼭 사약을 들이켜는 것처럼 비장했다.

"정 의장님, 아직… 살아 있겠죠?"

"어젯밤 9시를 끝으로 연락이 두절되었습니다. 생사는… 장담하지 못하겠습니다."

"9시라면 내가 담화문을 발표할 때구려."

"그 사람들은 특전사보다 훨씬 강합니다. 비록 적들에게 둘러싸여 있지만 저는 끝까지 기다릴 생각입니다. 그들이 죽었다는 확인이 될 때까지는 포기하지 않겠습니다."

"그러서야죠… 당연히……."

대답을 했으나 대통령은 끝내 말을 잇지 못했다.

정 의장을 바라보는 그의 눈은 미안함으로 흔들리고 있었다.

정 의장의 본명은 정수창으로 CRSF(Crisis Response Special Forces : 국가위기 특수대응팀)의 제5대 수장이었고 23년째 근무하고 있었다.

하지만 국가를 위해 무력을 행사하는 전투부대 청룡을 창설한 것은 바로 그였다.

그 옛날 특전사령관을 끝으로 군복을 벗은 그는 CRSF를 이끌면서 조국과 민족을 위해서라면 목숨을 초개와 같이 던질 수 있는 전사의 필요성을 절실히 느끼고 청룡을 창설했던 것이다.

그의 나이 벌써 76세였다.

머리는 하얗게 변했고 몸은 어느새 움직이기 불편함을 느낄 정도로 노쇠해졌다.

그럼에도 그는 CRSF를 떠나지 않았다.

죽는 그날까지 조국에 봉사하겠다는 초심이 그대로 그의 가슴속에 남아 있기 때문이었다.

박무현 대통령은 그것을 너무나 잘 알기에 청룡이 전멸했을지도 모른다는 사실을 보고받으며 그를 똑바로 바라보지 못했다.

청룡이 그에게 자식들보다 더 소중한 목숨 같은 존재라는 걸 여러 번 느껴왔기 때문이었다.

비서실장이 몇 번의 노크 끝에 급하게 들어온 것은 두 사람이 서로의 상념에 젖어 침묵을 지키고 있을 때였다.

"대통령님, 텔레비전을 보셔야 되겠습니다."

"뭡니까?"

들어오자마자 텔레비전을 켜는 비서실장을 향해 박무현

대통령이 놀란 눈을 만들었다.

정 의장과 같이 있을 때는 어떤 일이 있어도 들어오지 말라는 지시를 했기 때문에 아무리 비서실장이라도 이렇게 난입한 것은 처음 있는 일이었다.

하지만, 대통령은 그를 탓하지 못하고 켜진 텔레비전 화면에 눈을 고정시킨 채 입을 떠억 벌리고 말았다.

텔레비전 화면에서는 강태산을 비롯한 청룡대원들이 IS의 정예부대들과 치열한 전투를 벌이는 장면이 방송되고 있었던 것이다.

제10장
집으로 돌아오는 길

화면에는 전쟁 영화를 보는 것처럼 선명하지는 않았으나 그 처절함이 느껴질 정도로 치열한 전투가 벌어지고 있었다.

　강태산이 이끄는 청룡대원들은 빠르게 이동하면서 백여 명에 달하는 적들의 후방을 공격하고 있었는데 오히려 숫자가 많은 IS 전사들이 수세에 몰리고 있는 상황이었다.

　박무현 대통령은 화면을 보면서 두 주먹을 불끈 쥔 채 안절부절못했다.

　워낙 위급한 상황.

　그는 청룡이 IS 부대를 그만 공격하고 사지에서 빠져나오기를 바랐으나 그의 바람과는 다르게 청룡대원들은 계속 이동하면서 적들을 유린하는 데 전력을 기울이고 있었다.

"도대체… 저 사람. 그만하시게, 제발 그만하고 빠져나와!"

박무현 대통령은 결국 자신도 모르게 고함을 질렀다.

이 화면이 언제 적 것인지 알 수 없었으나 그에게는 지금 벌어지는 일인 것 같아 온몸이 가득 땀으로 적셔질 정도의 긴장감을 느꼈다.

그러나 화면을 보면서 더욱 격렬한 반응을 보인 것은 정의장이었다.

그는 이를 악문 채 화면에서 눈을 떼지 못하고 있었는데 온몸이 부들부들 떨리고 있었다.

국정원장과 외교부 장관이 집무실로 들어선 것은 화면이 끝나면서 뉴스 앵커가 피를 토하는 듯한 목소리로 현재의 상황을 전하고 있을 때였다.

두 사람이 들어서자 박무현 대통령은 잘 왔다는 듯이 궁금한 것부터 물었다.

"혹시 원장께서는 저 필름에 대해서 아는 것이 있습니까?"

"예, 대통령님. 저것은 미국 측에서 오늘 아침 CNN에 제보한 것입니다."

"언제 적 것이오?"

"5시간 전 상황입니다."

"그렇다면 아직 저들이 살아 있다는 것 아닙니까?"

"그럴 가능성이 큽니다."

"으… 당장, 합참의장을 불러들이세요. 지금 당장 말이오."

"대통령님, 어쩌실 생각이십니까?"

"미국이 저 필름을 내놓은 것은 이제 다른 생각을 접었다는 뜻 아니겠소?"

"아무래도 그런 것 같습니다."

"돈이 얼마가 들어도 좋습니다. 미국 측에 요청해서 공중 지원을 받으세요. 돈을 달라면 달라는 대로 주시오. 무기를 사달라면 사줍시다. 나는 저들만 살릴 수 있다면 무슨 짓이라도 하겠소."

"대통령님!"

"합참의장을 빨리 부르시오. 보낼 수 있는 모든 병력을 보내서 저들을 구해야겠소."

박무현 대통령은 무슨 일이 있어도 청룡을 구해야 한다는 생각을 지닌 것 같았다.

그랬기에 그는 가동할 수 있는 모든 방법을 전부 동원할 태세였다.

하지만, 청룡을 단순한 특전사 대원들이라 알고 있는 국정원장은 서두르는 대통령을 향해 직언을 서슴지 않았다.

"대통령님, 침착하셔야 합니다. 시리아까지 우리 군이 움직이기에는 무리가 있습니다. 준비도 되지 않았을 뿐만 아니라 거기까지 가는 데도 많은 시간이 필요합니다."

"그러면 어쩌란 말이오? 그저 두 눈 뜨고 저들을 내버려 두란 말이오?!"

"일단, 미국 측에 도움을 요청하시지요."

"그것으로 되겠소? 그것만으로 저들을 살릴 수 있겠냔 말이오!"

"미국은 이라크에 발라드 공군기지를 가지고 있습니다. 더군다나 작년에 발생한 IS의 미국 내 테러 사건 때문에 특수전 최고의 부대인 델타포스가 시리안 근처에서 주둔하고 있으니 미국이 적극적으로 나서면 충분히 저들을 구해낼 수 있을 것입니다."

"좋소, 그럼 원장께서 직접 미국과 접촉을 하세요. 지금 당장 말이오. 다시 말하지만 돈은 얼마가 들어도 좋소. 그들의 요구 조건은 무조건 들어주세요!"

"알겠습니다."

워낙 강력한 지시에 국정원장은 마지못해 고개를 끄덕였다.

하지만 그의 얼굴은 밝지 못했다.

발라드 공군기지에 주둔하고 있는 전투기들이 출격해서 공중폭격을 한다면 그 비용이 얼마가 될지 상상이 되지 않았다.

더군다나 특전사를 구하기 위해 델타포스까지 움직이게 된다면 그 비용은 기하급수적으로 올라가게 될 것이다.

무력의 사용에 정해진 비용은 없었다.

그저 필요에 의해 지불하는 것이 전쟁 비용이었으니 미국이 얼마를 불러도 응할 수밖에 없는 이 상황이 너무나 억울했다.

그러나 국정원장은 끝내 아무런 반론도 제기하지 않고 그저 고개만 끄덕인 채 자리에서 일어났다.

조국을 위해 목숨을 바쳐 싸우고 있는 특전사 대원들은 어떤 희생이 따르더라도 반드시 구해야 할 사람들이었다.

부르르… 부르르…….

그가 자리에서 일어날 때 아까부터 계속 울리던 핸드폰을 품속에서 꺼내는 것이 보였다.

정 의장은 청와대에 들어올 때는 언제나 핸드폰을 진동으로 바꿔놓았는데 대통령과 독대하면서 한 번도 전화를 받은 적이 없었다.

이번에도 마찬가지였다.

품속에서 핸드폰이 계속 울렸지만 대통령과 국정원장의 대화가 워낙 중요했기에 받지 않았는데 진동은 그치지 않고 끊임없이 지속되었다.

핸드폰을 꺼내지 않으려 했으나 결국 참을 수 없었다.

이렇게 전화를 계속하는 사람은 다 늙어서 이제는 판단력이 흐려진 마누라밖에 없기 때문이었다.

진동으로 해놨으나 이렇게 계속 벨이 울린다면 중요한 대화가 끊길 우려가 있었다.

그랬기에 전화기를 꺼내 급히 끄려고 하다가 액정에 뜬 전화번호를 확인한 후 몸을 경직시켰다.

액정에 뜬 전화번호는 CRSF(Crisis Response Special Forces)에서 해외로 파견하는 요원들에게 지급하는 RF―425에서 발신된 것이 분명했다.

전화를 확인한 그의 움직임이 이상하자 자리에서 일어났던 국정원장은 물론이고 박무현 대통령까지 슬그머니 입을 다물었다.

"여보세요?"

―의장님, 청룡입니다.

"자네… 자네 정말 청룡인가!"

수화기에서 흘러나온 음성에 정 의장이 기절할 것 같은 목소리로 반문했다.

지금까지 청룡의 수장이 자신에게 전화를 해온 적은 한 번도 없었다.

아니, 할 수가 없었을 것이다. 그의 전화번호는 오직 정보국장만이 알고 있었기 때문이었다.

하지만 그의 의문은 계속 들려온 목소리에 의해 순식간에 사라지고 말았다.

수화기 너머에서는 폭음 소리와 총격음이 지속적으로 들려오고 있었다.

―저는 CRSF의 특수타격대장 강태산이며 코드네임 청룡입니다. 확인되셨습니까?

"확인되었네."

―시간이 없으니 용건만 말씀드리겠습니다.

"뭔가?"

―국장님에게 전화를 했더니 의장님께서 청와대에 계시다고 하더군요. 그래서 부탁을 드리려고 전화했습니다.

"말해보게. 내가 할 수 있는 거라면 뭐든지 해주겠네."

―저희들은 곧 철수할 계획입니다. 그러니 저희들 때문에 미국 측에 도움을 요청하지 마십시오.

"도대체 자네… 그게 무슨 소린가!"

―저희들의 안전을 위해 미국에 고개를 숙이지 말란 뜻입니다.

"그건 안 돼. 미국의 공중 지원이 있어야 무사히 돌아올 수 있단 말일세. 자네들은 엄청난 병력에 포위되어 있어."

―청룡은… 절대 죽지 않습니다. 그러니 걱정하실 필요 없습니다.

"그럴 수는 없네. 나는 절대 그렇게 못 해!"

―제 부탁을 반드시 들어주십시오. 그래야만 저희들이 편하게 돌아갈 수 있습니다.

*　　　　*　　　　*

강태산은 전화를 끊고 자신을 바라보는 대원들의 얼굴을 하나씩 바라보았다.

검게 그을린 얼굴들.

뜨거운 태양에 그을린 것보다 수없이 갈겨댄 총탄과 화약으로 인해 엉망이 된 얼굴이었다.

벌써 이십여 번의 전투를 치렀지만 여기저기 작은 부상은 많았어도 치명상을 입은 대원들은 없었다.

집요하게 IS의 부대들이 포위망을 좁혀왔으나 강태산은 절대 그들의 포위 공격을 허락하지 않았다.

태을경공을 이용해서 적들의 이동 경로를 정확하게 잡아내었고 위크 포인트로 이동하면서 공격을 했기 때문에 전투는 거의 일방적으로 펼쳐졌다.

IS에서 가장 강하다는 바라크 부대였지만 정규군이 아닌 이상 약점은 수도 없이 많았다.

더군다나 청룡대원들은 현천기공과 태을경공을 익혔기 때문에 그들의 상상보다 훨씬 빠르게 이동이 가능해서 언제나 예측 범위를 벗어난 곳에 거점을 두고 공격하는 것이 가능했다.

아마, IS의 전사들에게 청룡대원들은 그들이 가장 두려워하는 악마, 샤이탄처럼 느껴졌을 것이다.

청룡은 도망을 가는 것이 아니라 알라크 지역을 돌면서 바라크 부대들을 야금야금 잡아먹었다.

지난 3일 동안 IS 전사들의 사망자 수는 무려 오백 명이 넘었으니 이제 바라크 부대원들은 청룡을 잡겠다는 의지마저 흔들릴 정도로 두려움을 느끼는 중이었다.

하지만, 곧 다마스커스 외곽으로 옮겨졌던 부대들이 IS의 최고 지도자 바르스의 지시를 받고 알 사미르를 암살한 청룡을 잡기 위해 몰려들기 때문에 더 이상 전투를 벌이기에는 무리였다.

가지고 온 실탄은 거의 동이 난 상태였고 수류탄과 유탄발사기, 크레이모어는 모두 소모된 지 오래였다.

강태산은 알라크 지역을 돌면서 끝없이 움직였으나 전부 계산된 이동이었다.

그리고 지금. 그들이 와 있는 곳은 처음 도착한 곳에서 동쪽으로 50㎞ 떨어진 만비지였다.

"그동안 고생했다. 이제 집에 가자."

"어디로 갑니까?"

"알레포."

"거긴 100㎞나 떨어져 있습니다. 지금 IS의 부대들이 전부 몰려들고 있는데 가능하겠습니까?"

알레포공항은 만비지에서 서쪽으로 100㎞나 떨어져 위치한 국제공항이었다.

시리아 정부군이 미국의 도움을 받아 방어하고 있는 곳이기 때문에 IS가 쉽사리 공격하지 못하는 요새이기도 했다.

그러나 문제는 알레포공항까지 이동하기가 어렵다는 것이었다.

실탄은 떨어졌고 적들은 분명 터키로 넘어가는 국경 지대와 알레포공항으로 가는 길을 철저히 차단할 것이기 때문이었다.

그러나 강태산의 표정에는 아무런 두려움도 담겨 있지 않았다.

"걱정하지 마라. 내가 털끝 하나 다치지 않고 비행기를 탈 수 있도록 해주마."

"무슨 뾰족한 수라도 있어요?"

이번에 나선 것은 차지연이었다.

그녀 역시 얼굴은 엉망이었으나 강태산을 바라보는 눈망울은 초롱초롱 빛나고 있었다.

차지연은 왼팔에 총알이 스치면서 붕대로 잔뜩 감아놓은

상태였다.

"있으니까 그러는 거 아니냐."

"그러니까 그게 뭐냐고요!"

"따라오기나 해. 그럼 자연스럽게 알게 될 테니까."

"대장님 등 뒤만 따라가면 부드러운 침대가 기다린다 이거죠?"

"내가 언제… 침대는 무슨……."

"그 말 아니었어요?"

"알았다, 알았어. 침대에 누워서 집에 갈 수 있도록 아주 편하게 모실 테니 출발 준비나 해."

"정말이죠? 좋아요. 그럼 우리 팔짱 끼고 가요."

＊　　　　＊　　　　＊

샤이탄.

이슬람에서는 악마를 샤이탄이라고 부른다.

IS 전사들은 청룡의 귀신같은 움직임과 전투력을 보면서 샤이탄이라 불렀다.

청룡의 믿어지지 않는 전투 능력이 그들의 의식 세계를 조금씩 갉아먹어 그런 소문을 만들어낸 것이 분명했다.

그럼에도 그들은 청룡을 추적하기 위해 전력을 다했다.

청룡이 샤이탄이 아니라 한국의 특전사라는 건 이미 널리 알려진 상태였고 인간인 이상 반드시 죽일 수 있다는 자신감이 있었기 때문이었다.

그랬기에 시리아의 윌리얏 부대들은 다마스커스와 터키 국경, 알카포공항 등지로 가는 길에 겹겹이 포위망을 구축한 채 알라의 이름으로 청룡을 처단하기 위해 기다리는 중이었다.

그러나…….

그들은 상상도 하지 못했다.

꿈속에서도 만나면 안 되는 지옥의 악마 샤이탄이 점차 그들을 향해 다가오고 있다는 사실을 말이다.

청룡대원의 화력은 이미 고갈 상태였기 때문에 적들의 주력과 부딪치면 위험에 처할 가능성이 컸다.

그랬기에 강태산은 해가 질 때까지 충분히 휴식을 취하게 만든 후 어둠이 몰려오자 대원들을 향해 입을 열었다.

"너희들은 내가 출발하고 나서 1시간 후에 출발한다."

"왜 그러십니까?"

"먼저 앞장서며 길을 청소해 놓겠다. 지금 우리 무기는 거의 동이 난 상태니까 적들과 굳이 교전할 이유가 없어."

"어쩌시려고요."

"너희들은 내가 준 좌표대로 알레포를 향해 움직이도록. 거기까지 가는 길은 내가 모두 청소해 놓겠다."

"혼자 퇴로를 확보하시겠다는 겁니까? 그건 정말 위험합니다!"

"날 믿고 내 말대로 해. 오늘 밤 우린 무조건 알레포공항에 도착해야 한다. 그러니 최소한의 무기만 빼고 모든 장비는 버려."

"…알겠습니다."

"공항에 도착하면 곧장 공항으로 들어가지 말고 시내 외곽에 있는 천연 비누 상점으로 가라. 국정원 요원이 기다리고 있을 것이다."

"국정원 요원은 어떻게 알아봅니까?"

"우리에게 무기를 넘긴 요원이 기다릴 테니 금방 알아볼 수 있을 거다. 거기서 옷을 갈아입고 여권을 챙기도록."

"대장님은요?"

"내 걱정은 마라. 비행기 뜰 시간에 맞춰서 갈 테니 너희들은 준비되는 대로 무조건 탑승해서 기다려."

강태산은 자리에서 일어나 앞으로 전진하며 흑혈도를 꺼내 들었다.

시커먼 어둠.

하늘에는 별들이 반짝이고 있었으나 인공적인 불빛이 전혀 없는 사막의 밤은 칠흑처럼 어두웠다.

그동안 시리아에 와서 그와 청룡이 죽인 인원은 대한민국이 IS 조직의 테러로 당한 피해자의 열 배는 족히 넘었다.

더군다나 시리아 내 IS 조직을 이끌고 있는 지도부를 전부 사살했기 때문에 응징은 충분하고도 남을 정도였다.

그러나 강태산은 혹혈도를 뽑는 걸 주저하지 않았다.

퇴로의 확보도 있었지만 더 중요한 것이 남아 있었기 때문이었다.

이대로 돌아간다면 IS는 또다시 대한민국을 향해 테러 공격을 감행할 가능성이 컸다.

그런 마음을 갖게 해서는 안 된다.

복수할 엄두조차 내지 못하도록 만드는 유일한 방법은 철저히 짓밟는 것이란 걸 그는 무림의 세계에서 뼈저리게 배우고 익힌 사람이었다.

이슬람에서는 악마를 샤이탄이라고 한다는 소리를 들었다.

오늘 밤 그는 샤이탄이 될 생각이었다.

대한민국을 건드리면 어찌 되는지 두 눈으로 똑똑히 보여 줌으로써 다시는 도발할 생각조차 못 하도록 만드는 것이 그의 진정한 목적이었다.

현천기공으로 온몸을 둘러도 현대 무기의 강력함은 대단했기에 함부로 모습을 드러내는 것은 위험을 스스로 자초하는 것이나 다름없다.

하지만, 밤이라면 다르다.

더군다나 적들의 병력 사이에 숨어들어 싸운다면 그런 위험은 현저하게 줄어든다.

IS의 부대들은 후퇴하는 청룡을 잡기 위해 포위망을 구축했기 때문에 거의 모든 불빛을 통제하고 있었다.

강태산에게 최적의 조건을 만들어준 것이다.

흑혈도는 도신이 90㎝였고 도병까지의 길이를 합하면 1m가 훌쩍 넘었다.

이름답게 묵철로 만들어졌기 때문에 칼 전체가 흑색이라 밤에 꺼내 들자 그림자만 희미하게 비칠 뿐이었다.

강태산은 흑혈도를 들고 진지를 구축한 채 경계를 서고 있는 자들을 향해 뛰어들었다.

극도로 시전된 태을경공은 그의 몸을 허공에서 붕붕 떠다니는 것처럼 보이게 만들었다.

소리도 없었고 형체도 없다.

그런 상태에서 강태산은 청룡을 잡기 위해 배치되어 있던 IS 전사들을 차례대로 도륙해 나갔다.

강태산은 알레포공항으로 향하는 직선로를 공격한 것이 아니라 수시로 방향을 바꿔서 움직였다.

적들에게 경로를 알려주지 않기 위함이었고 불특정 다수의 진지를 공격함으로써 추격의 의지를 꺾어놓기 위함이었다.

야차.

그렇다, 강태산은 야차였다.

수없이 많은 목숨이 그의 흑혈도에 의해 무수히 사라져 갔다.

피… 피.

강태산이 지나간 부대는 그야말로 지옥이나 다름없었다.

피와 죽음.

그가 지나친 곳에서는 살아남은 IS 전사들이 샤이탄을 외치며 미친 듯이 기도를 했다.

살아 있는 악마, 샤이탄을 막을 수 있는 방법은 위대한 알라신밖에 없기 때문이었다.

강태산은 공항을 10㎞ 남긴 전방에서 청룡대원들을 기다렸다.

그가 공항으로 가기 전에 가장 마지막으로 남겼던 좌표가 바로 이곳이었다.

워낙 많은 범위를 움직였기 때문에 1시간의 격차는 거의 없어졌을지도 모른다.

동편 하늘이 점차 밝아지며 희미하게 하늘이 밝아지기 시작했다.

이제 대원들만 도착하면 모든 작전을 마치고 집으로 돌아갈 수 있을 것이다.

하지만, 어쩐 일인지 대원들은 도착하지 않고 있었다.

지나친 것일까? 아니면 적들에게 포위당해 고전하고 있는 것일까?

무조건 둘 중의 하나다.

원하는 것은 전자였으나 마음은 후자로 기울고 있었다.

그랬기에 30여 분을 기다린 강태산은 흑혈도를 꺼내 들고 이전 좌표를 향해 전력으로 달리기 시작했다.

밤새도록 격전을 펼쳤기 때문에 피곤했으나 그는 현천기공을 극으로 운용하며 10㎞ 후반에 있는 직전 좌표점에 도착했다.

하지만, 그곳에서도 대원들의 행적은 없었다.

공항을 향해 돌아갈까 하는 마음도 들었으나 결국 그는 다시 10㎞ 후방의 좌표를 향해 움직일 수밖에 없었다.

대원들이 공항에 도착했다면 다행이겠지만 만약 적들에게 고립된 상황이라면 무슨 수를 쓰더라도 구출해야 되기 때문이었다.

그들의 후퇴는 레바논행 7시 20분 비행기를 타는 것으로 계획되어 있었기 때문에 시간이 별로 없었다.

손목을 들어 시계를 보자 6시 10분이었다.

만약 대원들이 후방에 남아 있다면 후퇴 계획은 전면적으로 다시 짜야 한다.

국정원 요원이 그들이 전사했다고 판단해서 떠나게 된다면 옷과 돈은 물론이고 여권까지 없을 것이었기 때문에 알레포 공항에 묶이는 경우가 발생할 수 있다.

그러나, 그런 건 대원들의 안전에 비하면 아무것도 아니었다.

유상철과 대원들이 상점에 도착해서 문을 열고 들어서자 국정원 요원인 코털 사내는 눈물을 글썽이며 그들을 맞아들였다.

피에 전 군복을 그는 전혀 개의치 않았다.

청룡대원들이 상점으로 들어서자 그는 대뜸 다가와 유상철의 몸을 끌어안고 소리를 쳤다.

그는 청룡대원들이 살아 돌아온 게 믿어지지 않은 모양이었다.

"다시는 못 볼 줄 알았는데 정말 다행입니다. 살아줘서 정말… 정말 고맙습니다."

"우리 때문에 고생이 많으시군요."

"그런데, 대장님은 어디 계십니까?"

"우리 대장님… 아직 도착하지 않으셨단 말입니까?"

코털 사내의 질문에 유상철이 반문을 하면서 인상을 우그러뜨렸다.

강태산이 오지 않았다는 사실이 유상철을 비롯한 대원들의 얼굴을 굳어지게 만들었다.

오면서 수많은 시신들을 봤다.

그들이 전진하는 경로에는 어떤 적들도 숨을 쉬고 있지 않았다.

강태산의 위력을 모르는 것은 아니었으나 그런 지옥을 보면서 소름이 끼치는 건 막을 수가 없었다.

정말 그의 능력은 어디까지란 말인가.

대부분의 시신은 칼에 의해 단 일격에 목숨을 잃은 시신들이었다.

그럼에도 막상 강태산이 도착하지 않았다는 사실을 알게 되자 유상철은 코털 사내를 바라보며 당황한 표정을 숨기지 못했다.

그러나 그 당황함은 오래가지 않았다.

"아무래도 우리 대장님이 적진에 남아 있는 것 같습니다. 혹시, 여기에 무기가 있습니까?"

"무기라니요?"

"3일 동안 싸우면서 실탄과 대부분의 무기들이 모두 소진되었습니다. 다른 건 몰라도 K—5 실탄과 수류탄만 있으면

됩니다."

"저는 여기에 여러분들의 옷과 돈, 그리고 여권을 가지고 왔을 뿐입니다."

"음……."

"그리고 앞으로 1시간 후면 비행기가 이륙합니다. 이 비행기를 놓치면 언제 다시 탈 수 있을지 알 수 없습니다. 저희가들은 정보에 의하면 IS 지도자 바로스가 알레포공항을 곧 공격할 거란 정보가 들어왔습니다."

"그래도 어쩔 수 없소. 우린 대장님을 찾아야겠소."

"혹시 그분이 여러분에게 남긴 말씀은 없습니까?"

"있습니다."

"뭐라던가요?"

"…조금 늦을지도 모르니 무조건 비행기에 타서 기다리라고 하더군요."

유상철이 대답을 한 후 눈을 질끈 감았다가 떴다.

1시간밖에 남지 않은 비행기 이륙 시간.

마지막이 될지도 모르는 공항의 현재 상태.

그러나 더욱 중요하고 걱정되는 것은 그들이 다시 되돌아갔을 때 강태산과 길이 엇갈릴지도 모른다는 것이었다.

그리되면 명령을 어기고 독자적인 판단으로 행동했다가 대장의 작전을 망치는 경우가 생기게 된다.

막상 코털 사내의 말이 무엇을 의미하는지 알게 되자 유상철은 쉽게 결정을 내리기 어려웠다.

그랬기에 그는 흔들리는 눈으로 대원들을 바라볼 수밖에 없었다.

차지연이 불쑥 나선 것은 나머지 대원들 모두 유상철과 비슷한 눈으로 생각에 잠길 때였다.

"청룡이 언제부터 명령을 어겼어요. 대장께서는 모두 비행기에 타고 기다리라 했으니까 얼른 옷들 갈아입으세요. 비행기 이륙 시간이 얼마 안 남아서 서둘러야 해요."

"지연아!"

"왜요?"

"너 왜 그래?"

"아직도 대장을 그렇게 모르세요? 우리가 가든 안 가든 결과는 똑같아요. 그러니까 엉뚱한 짓 해서 대장님 속 썩이지 말고 얼른 샤워하고 옷이나 갈아입어요. 아, 오랫동안 샤워를 못 해서 그런가 끈적끈적해 죽겠어."

사람의 일이란 간절하게 원할 때 외면당하는 경우가 많다.

청룡대원들의 기다림이 그랬다.

그들은 비행기가 이륙할 때까지 강태산이 거짓말처럼 불쑥 나타나기를 간절하게 기다렸으나 그는 끝끝내 나타나지 않았다.

비행기가 활주로를 질주해서 공중으로 이륙하는 순간 양손을 꼭 쥔 채 강태산이 돌아오기를 염원하던 차지연의 입에서 기어코 억눌린 울음소리가 새어 나왔다.

옆에 앉아 있던 유상철이 그녀를 달래면서 등을 두들겨 주고 있었으나 그 역시 이를 악물고 눈물이 흘러나오는 것을 참았다.

하늘에서 내려다보이는 시리아의 붉은 대지.

아침 태양을 맞은 대지는 불어오는 남서풍의 바람에 미친 듯이 흔들리고 있었다.

황량하다. 그리고 지겹도록 고독한 대지다.

강태산은 저기 어디쯤에 있을 것이다.

적들에 둘러싸여 한 자루 칼을 든 채 전신처럼 싸울 수도 있었고 아니면 벌써 싸늘하게 식은 시신이 되어 벌판에 누워 있을지도 몰랐다.

어떤 경우라도 그의 곁에 있어야 했다.

수많은 전장을 전전하면서 그들은 한 번도 전우를 그냥 두고 떠나온 적이 없었다.

강태산은 어떤 일이 있어도 수하나 동료가 위험에 처했을 때 자신의 목숨이 위험하다는 이유로 등을 돌리지 않았다.

그런데… 오늘은 모든 것이 달라져 있었다.

그들을 움직이지 못하게 만든 것이 바로 청룡의 수장인 강태산이었기 때문이었다.

"부대장님, 죄송합니다."

"이미, 지난 일이다. 그리고 그 판단은 내가 내린 거였어. 그러니 네가 미안해할 일이 아니다."

차지연이 깊숙이 고개를 숙이자 유상철의 눈에서 아련한 시선이 흘러나왔다.

그녀는 비행기에서 내릴 때까지 숨죽인 눈물을 멈추지 못했다.

어떤 마음인지는 알고 싶지 않았다.

그녀가 대장을 좋아한다는 것도 알았고 목숨 빚을 지고 있다는 것도 알고 있었다.

하지만, 그것은 그녀뿐만 아니라 청룡대원들이라면 모두 가지고 있는 것들이었다.

청룡대원은 침묵 속에서 공항을 빠져나왔다.

그러나 공항을 떠나지 못했다.

모두 같은 생각을 가졌기 때문이었다.

"비행기로는 다시 돌아가지 못한다. 시리아로 가는 편은 일주일 후에나 있어."

"저와 태호가 시내로 나가서 지프차를 구해 오지요."

최태양이 유상철의 말에 대뜸 앞으로 나서며 이동 수단을 해결했다.

그러자 이번에는 설민호가 나섰다.

"부대장님, 맨손으로 갈 수는 없습니다. 무기부터 구하는 게 좋겠습니다."

"본부에 연락했더니 절대 불가하다는 명령이 떨어졌다. 지금 당장 귀국하라는 지시야. 그래서 무기를 구해달라는 말은 꺼내지도 못했다."

"레바논에는 민병대들이 많습니다. 그들이 주로 쓰는 소총이 옛날 우리 군의 주력이었던 K—1입니다."

"그래서?"

"오늘 밤 저와 중환이가 그들의 무기고를 습격하겠습니다."

"좋다, 대신 영찬이도 같이 가도록. 가서 넉넉하게 챙겨 와. 나는 쌍태와 함께 지프차를 구해 올 테니까."

"알겠습니다."

서영찬마저 고개를 끄덕인 후 자리를 뜨자 남아 있던 차지연이 눈치를 보면서 유상철의 곁으로 다가왔다.

그는 쌍태라고 불리는 최태양과 유태호를 향해 걸어가려는 중이었다.

"나도……."

"넌 여기 있어."

"민호가 총을 잘 쏘지만 야간 사격술은 내가 최고예요. 나도 갔다 올게요."

"지연아, 넌 공항에 있어야 한다."

"왜요?"

"대장님이… 만약 대장님이 오신다면 네가 마중해야 되잖아."

"…아……."

차지연의 입에서 자신도 모르게 한숨이 흘러나왔다.

그랬다.

강태산은 만약 자신이 비행기를 타지 못한다면 레바논공항에서 12시간 후에 만나자는 약속을 남겼던 것이다.

차지연은 넋을 잃은 채 공항 출구를 통해 빠져나오는 사람들을 바라보았다.

벌써 5시간째 그녀는 의자에 앉아 출구를 통해 빠져나오는 사람들을 일일이 확인하고 있었다.

가장 효율적인 방법이라 생각했던 것이 최악의 선택이 될 거라고는 꿈에도 생각하지 않았다.

그만큼 그녀는 강태산을 믿었다.

어떠한 상황에서도 강태산은 모든 난관을 뚫고 비행기에 탈 것이라 생각했었다.

하지만 끝내 그는 비행기를 타지 않았다.

갑자기 밀려온 후회와 슬픔으로 그녀는 한동안 정신을 차리지 못했다.

뒤늦게 대원들이 강태산을 찾기 위해 움직이고 있었지만 그녀가 고집을 피워 비행기에 타지 않았다면 훨씬 빠르게 알라크로 되돌아갈 수 있었을 것이다.

이번 비행기에서 내린 사람들 속에서도 강태산은 보이지 않았다.

시간은 이미 9시를 가리키고 있었다.

약속된 시간에서 벌써 2시간이 지났기 때문에 차지연은 안타깝게 공항의 출구 게이트를 바라보면서 몸을 일으켰다.

지금쯤 공항 밖에는 유상철을 비롯한 대원들이 모든 준비를 끝내고 그녀를 기다리고 있을 것이다.

몸은 돌렸으나 고개는 자꾸 반대 방향을 향해 돌아갔다.

미련일까, 아니면 간절한 바람일까.

오지 않을 걸 뻔히 알면서도 기다리는 심정. 가슴속에 남아 있는 잿빛의 그리움.

이제 이곳을 떠나면 그 아픔과 그리움은 죽음 속에서 그녀에게 아름다운 추억으로 남게 될 것이다.

다시 돌아간다 해도 살아 있는 강태산을 만난다는 것은 희박한 일이다.

수많은 병력 속에서 살아남는 것 자체가 기적이었고 만에 하나 기적적으로 살아남았다 해도 그는 알라크에 남아 있을 리가 없다.

그럼에도 대원들이 그를 찾아 다시 죽음의 땅 시리아로 가는 것은 기다리지 못한 것에 대한 미안함과 부끄러움 때문이었다.

아마도, 죽겠지. 뜨거운 태양 속에서 서서히.

그러나 누구 하나 시리아로 돌아가는 것을 반대하지 않았다.

그냥 이대로 돌아간다면 평생 동안 자신의 비겁함을 탓하며 후회하게 될 거란 걸 너무나 잘 알기에 그들은 차라리 죽음이란 선택을 했다.

처음에는 느렸던 그녀의 발걸음이 점점 빨라지기 시작했다.

이미 청룡의 행동은 결정되었으니 조금이라도 주저할 이유가 없었다.

공항에 부는 뜨거운 바람.

열어놓은 문을 통해 불어온 바람이 그녀의 머릿결을 하늘하늘 날리게 만들었다.

익숙하고도 다정스러운 목소리가 들려온 섯은 차지연이 불어온 바람에 의해 헝클어진 머리를 다듬기 위해 손을 올릴 때였다.

"비너스, 왜 그렇게 풀이 죽어 있지?"

목소리가 들려온 순간 차지연의 몸이 팽이처럼 돌았다.

비너스는 그녀의 코드네임이었고 지금 여기서 그 이름으로 그녀를 부를 사람은 오직 한 사람뿐이었다.

"대장!"

차지연의 입에서 뾰족한 비명 소리가 흘러나왔다.

그리고 그녀는 미친 듯이 달렸다.

반대쪽 코너에서 선글라스를 낀 강태산이 웃는 얼굴로 그녀를 향해 다가오고 있었기 때문이었다.

*   *   *

특전사령부 소속 707특임대의 문영광 대위는 서울공항이 눈앞으로 다가오자 지그시 입술을 깨물었다.

그가 이끄는 브라보팀 10명의 대원 중 살아남은 것은 겨우 세 명뿐이었다.

시리아로 날아간 다른 팀도 상황은 마찬가지였다.

그들과 함께 작전을 위해 비행기를 탔던 병력 중 살아남은 것은 그를 포함해서 전부 10명뿐이었다.

불과 한 달 전만 해도 같이 울고 웃었던 전우들은 눈조차 제대로 감지 못하고 싸늘한 시신이 되어 뜨거운 태양이 내리쬐는 사막의 한편에서 잠들었다.

살았다는 사실이 기쁘지 않았다.

그들의 시신조차 거두지 못하고 돌아오면서 흘렸던 눈물들은 세상에서 가장 슬프고 괴로운 것이었다.

문영광 대위는 서울공항의 밝은 불빛을 바라보며 눈을 감았다.

동료들의 가족이 기다리는 서울공항이 눈앞으로 다가오자 가슴이 송곳으로 찌르는 것처럼 아파지기 시작했다.

그가 지니고 있는 가방에는 동료들이 남겨놓은 유서와 군번줄이 담겨 있었다.

사랑하는 사람들에게 그들의 죽음을 알려야 하는 자신의 모습을 생각하자 온몸이 저릿저릿해졌다.

피하고 싶었다.

피할 수만 있다면 어디로든 도망가고 싶었다.

그러나 그들을 실은 비행기는 고도를 점점 낮추면서 서서히 활주로를 향해 내려갔다.

빠밤 빰빠라 빰빠…….

비행기가 완전히 멈춰 서고 트랩이 내려지자 갑작스럽게 요란한 밴드 소리가 터지면서 수많은 사람들의 환호성이 들려왔다.

문 대위는 트랩을 통해 비행기에서 내리며 눈살을 가득 찌푸렸다.

환영 행사가 있을 거란 소리는 들었지만 이렇게 많은 사람이 직접 공항까지 나올 거라고는 전혀 예상치 못했던 것이다.

슬쩍 눈을 돌리자 자신들을 인도하듯 선두에서 날아왔던 수송기에서도 병력들이 나오고 있었다.

병력의 선두에는 제1특지대의 최경모 대위가 굳은 얼굴로 트랩을 내려오는 중이었다.

최경모 대위는 707특임대의 선임을 맡고 있는 전사 중의 전사로서 그가 이끄는 팀은 특임대 전체에서도 최고라 알려져 있었다.

쟤들이었나?

지옥의 벨트를 습격하면서 방어선을 구축하라는 지시를 받고 보름을 버텼다.

부하들의 목숨을 담보로 말도 안 되는 명령을 이행하면서 분명 뭔가 모종의 전술이 있을 거란 예상을 계속 해왔다.

그리고 그 예상은 맞아서 알라크에 있는 IS의 지도자들이 습격을 받아 사살되었다는 소식을 듣게 되자 저절로 눈물이 흘러내렸다.

자신들의 희생이 헛된 것이 아니었다는 사실은 살아남은 대원들의 가슴을 붙들고 많은 눈물을 흘리게 만들었다.

최경모 대위는 두 번째 수송기에서 내리는 제2특지대의 병력들을 향해 안타까운 시선을 보내고 있었다.

그런 그들을 향해 문영광 대위도 비슷한 시선을 보냈다.

그들 역시 수송기에서 내린 인원은 십여 명에 불과했기 때문이었다.

문영광 대위는 정신을 차릴 수가 없었다.

707 대대장에게 복귀 신고를 하자마자 그의 손에 이끌려 지프차에 올라타 단상으로 갔는데 거기에는 특전사령관은 물론이고 육참총장과 수많은 지휘관들이 늘어서서 그들을 기다리고 있었다.

그뿐만 아니었다.

그가 단상으로 올라서 다시 한 번 복귀 신고를 하자 직접 앞으로 나와 그에게 꽃다발을 쥐어준 것은 분명 텔레비전에서나 봐왔던 국무총리와 각 부처의 장관들이었다.

번쩍이며 터지는 수많은 카메라의 불빛들이 그들을 감쌌다.

"수고했습니다. 조국을 대신해서 진심으로 감사드립니다."

국무총리가 문영광 대위와 악수를 나눈 후 포옹하는 장면을 찍기 위해 기자들이 벌 떼처럼 움직였다.

그러면서도 다른 때와는 다르게 행사를 방해하지 않기 위해 안간힘을 쓰는 것이 느껴질 정도로 기자들은 조심스러운 움직임을 보였다.

30여 분의 복귀 행사가 마무리되자 문영광 대위는 더 기가 막힌 일을 경험해야 했다.

서울공항에는 어느새 올림픽경기에서 금메달을 딴 선수들이 카퍼레이드를 벌일 때 쓰이는 오픈카가 마련되어 있었던 것이다.

오픈카는 아름다운 꽃으로 잔뜩 치장되어 있었는데 이 차를 타고 시청까지 카퍼레이드를 해야 한다는 것이 대대장의 설명이었다.

분노가 치밀었으나 문영광 대위는 결국 오픈카에 올라탈 수밖에 없었다.

자신은 군인이었다.

전쟁에서 살아 돌아온 전사들의 환영 행사를 자신의 기분 때문에 망친다는 것은 말도 안 되는 일이었다.

그럼에도 가슴은 돌덩이를 얹어놓은 것처럼 무거웠다.

연도에는 수많은 시민들이 나와 그들을 환영해 줬고 그들의 앞과 옆에는 방송국에서 나온 중계차와 언론 취재차들이 따라붙으며 그들의 자랑스러운 모습을 촬영하느라 여념이 없었다.

그들에게 손을 흔드는 시민들 중에는 나이가 굽은 할머니와 할아버지가 있었고 어린 학생들이 있었으며 넥타이를 맨 샐러리맨들도 보였다.

한참 동안 손을 흔들자 어느샌가 먼저 죽어간 전우들의 모습들이 하나씩 떠오르기 시작했다.

그들은 자신을 바라보며 환한 웃음을 짓고 있었다.

'얘들아, 저 모습 보이냐. 너희들이 잘 싸워줘서 고맙다고 저렇게 손 흔들고 있잖아. 그러니까 일찍 죽었다고 너무 서러워 마라. 보고 싶다, 이 새끼들아… 크윽……'

문영광 대위의 눈에서 뿌연 눈물이 흘러나왔다.

바람을 타고 흘러내린 눈물이 떨어져 꽃 속으로 스며들었다.

손을 들어 눈물을 막으려 했으나 한번 터진 눈물은 쉽게 멈춰지지 않았다.

그 눈물에 담겨 있는 것은 먼저 가버린 전우들에 대한 그리움이었다.

*　　　　*　　　　*

강태산과 청룡대원들이 인천국제공항에 도착한 것은 오후

1시가 넘었을 때였다.

일행의 모습은 오랜 시간 수염을 깎지 않아서 마치 오지로 여행을 떠났다가 돌아온 사람들로 보였다.

거의 한 달이 넘는 기간이었음에도 그들이 가지고 온 짐은 겨우 손가방 하나가 전부였다.

레바논에서 터키로 이동해서 대한항공 직항 편으로 왔기 때문에 돌아오는 데 걸린 시간은 23시간이나 되었다.

꼬박 하루가 걸렸으나 대원들은 전혀 지루해하지 않았다.

그동안 체력이 많이 떨어졌던 데다 잠도 제대로 자지 못했기 때문에 좌석에 앉자마자 곯아떨어져 전부 꿈나라를 헤맸기 때문이었다.

강태산은 어느새 다가온 영종도의 모습을 바라보며 슬쩍 옆에서 자고 있던 차지연을 깨웠다.

하늘에 깔려 있는 구름들이 포근한 방석처럼 느껴졌고 그 사이로 보이는 바다와 영종도의 모습이 너무나 아름다웠기 때문이었다.

감수성이 예민한 차지연에게 반드시 보여주고 싶은 광경이었다.

"음……."

어깨를 툭툭 건들자 차지연이 비음을 흘리면서 손을 뻗어 강태산의 가슴을 만져왔다.

하여간 손버릇 하나는 기가 막힌 여자였다.

"지연아, 일어나 봐."

"왜요?"

"다 왔다."

"그래요?… 그럼 착륙하면 깨워요."

"영종도가 너무 예쁘다. 마치 동화에 나오는 마법의 섬 같단 말이지. 그러니까 일어나서 구경해 봐."

"정말?"

차지연이 가자미눈을 뜨면서 강태산의 얼굴을 빤히 쳐다봤다.

그러더니 최대한 편안하게 누워 있던 자세에서 슬그머니 일어나 강태산 쪽으로 다가왔다.

창가를 통해 밖을 보기 위해서는 어쩌면 당연한 행동인지도 모른다.

문제는 차지연이 마치 키스하듯 입술을 내밀며 강태산의 얼굴을 향해 다가왔기 때문이었다.

"아이고… 내가 너 때문에 못 산다."

"왜요? 내 입술 앵두 같지 않아요?"

정말 대책 없이 잠에 빠져 있던 대원들을 이끌고 출국장으로 나서는 강태산의 모습도 그리 아름다운 것은 아니었다.

워낙 오랫동안 제대로 씻지 못했고 옷도 대충 걸쳐서 대원들은 모두 에티오피아 난민들처럼 보일 정도였다.

그럼에도 그들의 얼굴은 더없이 밝았다.

힘들었던 임무를 마치고 고국에 돌아왔으니 당분간 꿀맛 같은 휴식을 취하며 시간을 보낼 수 있기 때문이었다.

웃고 떠들며 출국장으로 향하던 그들은 사람들이 잔뜩 모여 있는 곳에서 걸음을 멈추었다.

웅성웅성.

사람들은 텔레비전을 보면서 저마다 치하의 말을 아끼지 않았는데 대부분 자랑스럽거나 수고했다는 말들이었다.

슬쩍 사람들 사이로 보이는 화면에는 특전사 장병들이 국무총리에게 화환을 받은 후 손을 흔드는 모습이 방영되고 있었다.

수많은 사람들의 환영 인파 사이에서 장교의 얼굴이 보였다.

대위 계급장을 달고 있는 장교는 전투용 마스크로 얼굴을 모두 가려 눈만 보였다.

강태산은 그 장교의 얼굴을 보면서 가볍게 한숨을 내리쉬었다.

그 눈에 담긴 것은 기쁨이 아니라 슬픔과 고통이었기 때문이었다.

중계방송을 담당하고 있는 앵커는 목이 터져라 특전사 장병들이 어떻게 조국을 위해 싸웠는지를 설명하고 있었다.

유상철의 입이 슬며시 열린 것은 테러 집단을 이끌며 수없이 많은 생명을 앗아 간 IS의 지도자 알 사미르를 처단한 주인공으로 처음 보는 대위와 특전사의 모습이 화면에 잡혔을 때였다.

그들 역시 검은 마스크로 얼굴을 모두 가려 마치 전투용 로봇처럼 보였다.

"쟤들이 우리가 된 모양입니다."

"왜, 기분 나빠?"

"나쁘다기보다는 묘하네요. 그동안 작전을 하면서 이렇게까지 노출된 적은 없었잖습니까."

"하긴, 이번에는 너무 노출이 컸어. 그래서 국장님도 저렇게까지 하신 거겠지. 그렇게 이해하자고. 어차피 우린 대역이 필요했잖아."

"그렇긴 하죠."

청룡대원은 유상철의 대답을 끝으로 화면에 시선을 고정한 채 한동안 자리에서 움직이지 않았다.

오픈카를 타고 연도에 늘어선 시민들에게 환호를 받고 있는 특전사 장병들의 모습은 충분히 영광스러운 것이었다.

조국을 위해 목숨을 도외시한 채 오랜 시간 동안 당당히 싸웠고 죽음을 넘어 사랑하는 사람들의 곁으로 무사히 살아 돌아온 그들은 영웅의 칭호를 받기에 충분한 사람들이었다.

침묵.

청룡대원들 사이에서 묘한 침묵이 흘렀다.

유령이 되어버린 기분.

살아서 움직이되 사람들에게는 죽어 있는 존재.

텔레비전에서 합동 분향소의 준비 상황을 비추면서 전사한 특전사 요원들을 한 명씩 화면에 비추자 그런 침묵은 더욱 커졌다.

그들 역시 자신들과 비슷하긴 마찬가지다.

조국을 위해 목숨을 잃고서도 마스크에 가려 제대로 된 얼굴조차 보이지 못하고 있으니 특수 임무를 수행하면서 살다 간 인생은 영웅이 되어 죽어서도 결코 화려한 것이 아니었다.

그들이 다시 이동을 시작한 것은 강태산이 먼저 발걸음을 옮겼기 때문이었다.

옆에서 걷던 유태호가 불쑥 입을 연 것은 출국 심사대를 통과한 후였다.

"대장님은 본부로 들어가실 거죠?"

"그래야지."

"이번에는 완벽하게 작전을 수행했으니 국장님 잔소리가

확 줄어들 것 같네요."

"그럴 거다. 그러니까 안심하고 같이 가자."

"어딜요?"

"본부! 국장님이 수고했다고 전부 데려오래."

"거짓말!"

강태산의 말에 대원들이 이구동성으로 소리를 질렀다.

지금까지 작전이 끝나고 한꺼번에 떼로 몰려 들어간 적은 한 번도 없었다.

청룡은 작전이 시작된 때는 본부에 모이지만 작전이 끝나면 뒤도 돌아보지 않고 유령처럼 사라지는 사람들이었다.

그렇기에 대원들은 강태산을 노려보면서 사기 치지 말라는 시선을 마구 보내왔다.

강태산이 입맛을 다시며 어깨를 으쓱한 것은 항복 선언이나 다름없는 것이었다.

사실이었다.

정보국장은 어제 통화를 하면서 대원들을 전부 보고 싶으니 본부로 데려오라는 지시를 내렸다.

아무런 생각 없이 그렇게 하겠다는 대답을 했지만 막상 대원들의 반응을 보자 웃음이 나왔다.

이런 놈들을 억지로 데려갔다가는 어쩌면 쿠데타가 발생할지도 몰랐다.

검은 양복을 입은 사내들이 그들을 포위하듯 다가온 것은 공항을 빠져나가기 위해 로비를 가로지를 때였다.

"뭐야, 당신들!"

최태양과 설민호가 강태산을 호위하듯 가로막으며 앞으로 나섰다.

나머지 대원들은 어느새 주머니에 손이 들어가 있었는데 사내들의 가슴과 옆구리에서 권총을 확인했기 때문이었다.

권총을 뽑는다면 죽는 것은 그들이 될 것이다.

대원들의 주머니에는 고강도 플라스틱으로 만들어진 암기가 숨겨져 있었다.

만약의 사태에 대비해서 준비된 암기는 근접 거리에서 완벽한 살상률을 자랑할 만큼 치명적인 무기였다.

맨 앞에서 다가온 중년 사내의 입이 열린 것은 강태산이 설민호의 어깨를 밀치며 앞으로 나설 때였다.

"청룡이십니까?"

"그렇습니다."

"저희와 잠깐 같이 가주셔야겠습니다."

"같이 가자고…… 왜?"

"이유는 묻지 말아주십시오."

분위기가 묘하다.

정제된 품위, 그리고 날카롭게 새어 나오는 기세.

주변에 둘러싼 자들도 그렇지만 중년 사내 역시 무예를 익힌 것이 분명해 보였다.

그렇기에 강태산은 얼굴을 슬쩍 일그러뜨리며 혀를 내밀어 입술을 핥았다.

사내는 청룡이란 자신의 코드네임을 불렀다.

그렇다면 CRSF에 대해서 알고 있다는 뜻이 된다.

강태산의 펜티엄급 머리가 순식간에 돌아가며 상황을 분석했다.

사내들의 자세에서 적대감은 전혀 보이지 않았다.

그러면서도 무작정 같이 가자고 한다는 것은 뭔가 특별한 이유가 있는 것이 분명했다.

그리고, 짐작 가는 바도 있었다.

"혹시, 의장님이 나오신 거요?"

"…그렇습니다."

"몸도 불편하신 분이 뭐하러 여기까지… 어디 계십니까?"

"VIP실에서 기다리십니다."

사내의 말에 강태산이 고개를 끄덕였다. 그에게서 예상했던 답이 나왔기 때문이었다.

그랬기에 강태산은 주머니에 손을 넣고 있는 대원들을 향해 묵직한 목소리로 지시를 내렸다.

"손 빼라. 적들은 아닌 것 같다."

검은 양복을 입은 사내들을 따라 로비를 지나 VIP실로 들어선 강태산과 대원들은 긴장의 끈을 놓지 않았다.

살아온 삶이 그렇다.

그럴 것이란 짐작과 현실의 차이는 언제 어느 때든 발생할 수 있기 때문이다.

처음 들어간 국제공항의 VIP실은 사방이 번쩍거릴 만큼 화려하게 치장되어 있었다.

VIP실은 장관급이나 각국의 대사 이상만 이용한다고 들었는데 격에 어울릴 정도로 훌륭했고 규모도 상당했다.

문을 열고 들어서자 그들을 안내했던 사내들은 외곽을 경호하며 걸음을 멈추었고 대신 기다리고 있던 사내들이 문을 열어주었다.

저절로 고개가 갸우뚱거렸다.

비밀리에 CRSF를 이끄는 의장의 직위는 분명 장관급 이상의 위상을 지니고 있었지만 이 정도의 경호를 받는다는 것은 이해되지 않는 일이었다.

문을 열고 들어서자 두 사람이 공항 전경을 한눈에 바라볼 수 있는 창문에 서 있는 것이 보였다.

웬만해서는 놀라지 않는 청룡대원들이었으나 몸을 돌리는

사람의 얼굴을 확인한 후 모두 찢어질 듯 눈을 부릅떴다.

그들을 향해 반가운 얼굴로 다가온 것은 분명 대한민국의 국민들로부터 존경을 한 몸에 받고 있는 대통령이 분명했기 때문이었다.

텔레비전에서 행사를 지켜볼 때 앵커는 몇 번이고 대통령의 행방에 대해서 의문을 나타냈었다.

조국을 위해 싸운 전사들이 돌아왔음에도 나타나지 않는 대통령의 행적에 의문을 표시하며 그는 볼멘소리로 은근한 불만을 나타내고 있었다.

그런데 언론에서 그렇게 찾던 대통령은 바로 이곳 공항에서 청룡을 기다리고 있었던 것이다.

박무현 대통령은 천천히 다가와 강태산의 손을 잡았다. 그런 후 그의 어깨를 두드리며 뜨거운 시선을 보내왔다.

그것은 대통령 뒤에 서 있던 정 의장도 마찬가지였다.

그는 대통령 때문에 나서지 못하고 있었지만 당장에라도 달려들어 대원들을 끌어안고 싶어 하는 표정이었다.

"고생했어요. 어디 다친 데는 없고?"

"괜찮습니다."

"다른 대원들은 어때요?"

박무현 대통령이 뒤에 서 있는 대원들을 향해 시선을 돌렸다.

그의 시선은 더없이 부드러워 마치 사랑하는 자식들을 보는 것과 비슷했다.

"조금씩 다쳤지만 치명상은 아닙니다. 조금만 치료하면 정상적으로 생활할 수 있을 겁니다."

"다행이군요. 정말 다행입니다."

"대통령님, 이렇게 직접 나와주셔서 영광입니다."

"그게 무슨 말이오. 당연히 나와야지요. 다른 사람은 몰라도 나는 당신들의 희생을 잊으면 안 되는 사람입니다."

"…고맙습니다."

"자, 그렇게 서 있지 말고 우리 앉아서 이야기합시다. 언론에서 나를 찾느라고 난리가 아니겠지만 병원에 있었다고 우기면 됩니다. 내가 여러분 주려고 맛있는 과일과 떡을 좀 싸왔으니까 그거 먹으면서 나한테 혼 좀 나세요. 내가 텔레비전 보면서 벌벌 떤 걸 생각하면 지금도 진땀이 난단 말이야!"

『투신 강태산』 2권에 계속…

초대형 24시 만화방

신간 100%, 샤워실, 흡연실, 수면실(침대석), 커플석, 세탁기 완비

■ 시흥 정왕25시점 ■

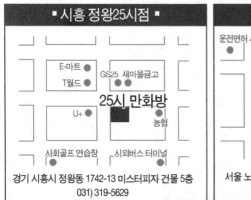

경기 시흥시 정왕동 1742-13 미스터피자 건물 5층
031) 319-5629

■ 강북 노원역점 ■

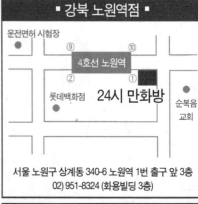

서울 노원구 상계동 340-6 노원역 1번 출구 앞 3층
02) 951-8324 (화용빌딩 3층)

■ 일산 정발산역점 ■

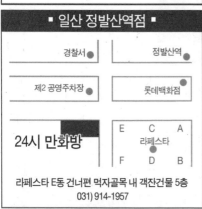

라페스타 E동 건너편 먹자골목 내 객잔건물 5층
031) 914-1957

■ 일산 화정역점 ■

경기도 고양시 덕양구 화정동 984번지 서일빌딩 7층
031) 979-4874 (서일사우나 건물 7층)

■ 부천 역곡역점 ■

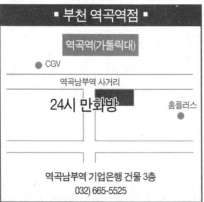

역곡남부역 기업은행 건물 3층
032) 665-5525

■ 부평역점 ■

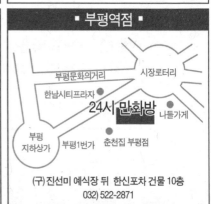

(구)진선미 예식장 뒤 한신포차 건물 10층
032) 522-2871

FUSION FANTASTIC STORY

김대산 장편소설

온반지

2년 차 대한민국 취업 준비생 김철민.

친척 하나 없는 사고무친의 처지로 앞날이 막막하기만 하던 어느 날,
우연치 않게 산 로또가 1등에 당첨된다.
아니, 그가 1등에 당첨되도록 만들었다.

혼자만의 상상으로만 해왔던 이상한 놀이
'시거'가 현실로 이루어진 것이다.

졸부(猝富), 그리고 '시거'와 함께
또 하나의 이상한 현상인 '슬비'가 더해지면서,

그의 일상은 이윽고
예측할 수 없는 격변 속으로 빠져든다.

Book Publishing CHUNGEORAM

현윤 퓨전 판타지 소설
FUSION FANTASTIC STORY

최연소 장군 아버지의 뒤를 따라 군에서 승승장구하던 하진.
어느 날 방산비리에 연루된 아버지의 잠적으로
가정이 풍비박산이 난다.

자포자기하며 방황하던 하진은
어느 날 골동품을 파는 노파를 돕고
기묘한 느낌이 드는 목함을 손에 넣게 되는데……

그리고 그를 찾아온 빚쟁이들과 쏟아지는 폭력 속에서
목함은 하진을 기묘한 세상으로 이끈다!

『무한 레벨업』

살아남아라! 그리고 재패하라!
패왕의 인장을 손에 넣은 하진의 이계 정복기!

미러클 테이머

인기영 장편소설

FUSION FANTASTIC STORY

MIRACLE TAMER

이계로 떨어져 최강, 최고의 테이머가 되었다.
그러나… 남은 것은 지독한 배신뿐.

배신의 끝에서 루아진은 고향, 지구로 되돌아오게 되는데……
몬스터가 출몰하기 시작한 지구!
그리고 몬스터를 길들일 수 있는 테이머 루아진!
그 둘의 조합은……?

『미러클 테이머』

바야흐로 시작되는
테이머 루아진과 몬스터들의 알콩달콩한
대파괴의 서사시!!

Publishing CHUNGEORAM

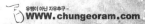

이모탈 퓨전 판타지 소설
FUSION FANTASTIC STORY

용병들의 대지
Road of
Mercenaries

이 세계엔 3개의 성역이 존재한다.
기사들의 성역, 에퀘스.
마법사들의 성역, 바벨의 탑.
그리고… 그들의 끊임없는 견제 속에 탄생하지 못한

『용병들의 대지』

전쟁터의 가장 밑을 뒹굴던 하급 용병 아론은
이차원의 자신을 살해하고 최강을 노릴 힘을 가지게 된다.

그의 앞으로 찾아온 새로운 인생!
아론은 전설로만 전해지던
용병들의 대지를 실현시킬 수 있을 것인가!

Book Publishing CHUNGEORAM

유행이아닌자유추구
WWW.chungeoram.com

FUSION FANTASTIC STORY

텀블러 장편소설

현대
천마록

천하를 호령하고 전 무림을 통합한
일월신교의 교주 천하랑.
사람들은 그를 천마, 혹은 혈마대제라고 불렀다.

『현대 천마록』

무공의 끝은 불로불사가 되는 것이라 생각했지만
그로서도 자연의 섭리 앞에선 어쩔 수 없었다!

'그렇게 많은 피를 흘렸음에도 불구하고
죽을 때가 되니 남는 것이 없군그래.'

거듭된 고련 끝에 천하랑의 영혼이
존재하지 않게 된 그 순간
그의 영혼은 현세에서 천마로서 눈을 뜬다!

Book Publishing CHUNGEORAM

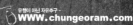

유행이 아닌 자유추구 -
WWW.chungeoram.com

FUSION FANTASTIC STORY

가프 장편소설

시크릿 메즈
SECRET MEZ

-너는 10,000개의 특별한 뉴런을 더하게 되었어.
매직 뉴런, 불멸의 뉴런이지.

실험실 알바를 통해 만난 '6번 뇌'.
우연한 만남은 이강토를 신비의 세계로 이끈다.

『 시크릿 메즈 』

매직 뉴런을 탑재한 이강토의
정재계를 아우르는 좌충우돌 정의구현!
긴장하라, 당신이 누구든 운명은 이미 그의 손안에 있으니!

"무슨 꿍꿍이가 있는지, 어디 한번 봐볼까?"